www.ingramcontent.com/pod-product-compliance
Lightning Source LLC
LaVergne TN
LVHW050813051026
849532LV00008B/2979
* 9 7 8 9 3 6 9 0 8 6 6 6 5 *

جسے اللہ رکھے

(بچوں کی کہانیاں)

مرتضیٰ ساحل تسلیمی

Jise Allah Rakhe *(Kids Short Stories)*

by: Murtaza Sahil Tasleemi

Edition: December '2024

Publisher :

Taemeer Publications LLC (Michigan, USA / Hyderabad, India)

ISBN 978-93-6908-666-5

کتاب	:	**جسے اللہ رکھے** (بچوں کی کہانیاں)
مصنف	:	**مرتضیٰ ساحل تسلیمی**
صنف	:	ادب اطفال
ناشر	:	تعمیر پبلی کیشنز (حیدر آباد، انڈیا)
سالِ اشاعت	:	۲۰۲۴ء
صفحات	:	٦٦
سرورق ڈیزائن	:	تعمیر ویب ڈیزائن

فہرست

بچوں کے ادیب: مرتضیٰ ساحل تسلیمی

محمد مسلم غازی

مرتضیٰ ساحل تسلیمی ہمہ صفت انجمن اور تحریک کا نام ہے۔ ایک غیر جانبدار باشعور قاری اور ناقد ان کی جہد مسلسل، شب و روز کی ریاضت اور محنت و جدوجہد کا اعتراف کرنے پر مجبور ہے۔ اگر ہم یہ مانتے ہیں کہ ان کے پاس کچھ ہے، وہ بعض خداداد صلاحیتوں کے مالک ہیں اور ان کو تحریر کا قدرتی ملکہ حاصل ہے تو یہ بھی ماننا پڑے گا کہ بچوں کے ادب میں ساحل کا مقام کسی کا عطا کردہ یا پیشہ ور نقاد کا نامزد کردہ نہیں ہے بلکہ انہوں نے خود بنایا ہے، اشتہار بازی سے حاصل نہیں کیا۔

بعض نام نہاد نقاد بچوں کے ادب کی تاریخ کا ذکر کرتے وقت ساحل کو بڑی ڈھٹائی کے ساتھ نظر انداز کر گئے ہیں جبکہ یہ شفیع الدین نیر، مائل خیر آبادی کے سلسلہ کی ایک مضبوط کڑی ہیں۔ ان کا سب سے بڑا امتیاز یہ ہے کہ بچوں کے ادب کو پروازِ تخیل کے بوجھل پن سے بچایا اور اصلاحی پیغامات اس خوبصورتی سے کہانیوں کے اندر پرو دئے کہ وہ براہ راست وعظ و عبادت کا رنگ اختیار نہ کر پائے۔

اس پل صراط پر بہت سے لوگ چلے، کچھ راستے میں دم توڑ گئے یا قبلہ ہی بدل دیا لیکن مرتضی ساحل تسلیمی نے شکست تسلیم نہیں کی اور نہ ہی اسے ساحل پر لنگر انداز کیا بلکہ ان کا سفر مسلسل جاری رہا۔ وہ جو لکھتے ہیں، اس میں نیا رنگ ہے۔ وہ اپنی تحریروں کے خود خالق ہیں اور اپنے منفرد رنگ کے راوی بھی۔ انہوں نے کسی بھی مقام پر خود کو دہرانے کی ہیضہ کن بیماری سے کوسوں دور رکھا ہے جس میں آج کل کے بیشتر ادیب گرفتار رہے ہیں۔

***

جہادِ زندگانی میں

قائم مقام پرنسپل کبیر احمد راؤنڈ پر تھے کہ تیسرے پیریڈ کے لیے گھنٹی بج گئی۔ سارے طلباء نظم وضبط کے ساتھ اپنے اپنے کلاسز کا رُخ کرنے لگے۔ لیکن جب وہ آخری کلاس تک پہنچ کر لوٹ رہے تھے تو انھوں نے دیکھا کہ ایک کلاس کے اکثر طلباء باہر گیلری میں کھڑے ہیں۔

''آپ لوگ کلاس میں کیوں نہیں جا رہے ہیں؟'' لڑکے آہستہ آہستہ کلاس روم میں داخل ہونے لگے۔ کس سبجیکٹ کا پیریڈ ہے؟''

''ہسٹری کا پیریڈ ہے سر!'' ایک طالب علم نے جواب دیا۔''شاید سکینہ سر آج چھٹی پر ہیں۔''

''ٹھیک ہے آئیے...... ہم لیتے ہیں آپ کا پیریڈ۔''

سارے طلباء حیرت زدہ رہ گئے۔ عموماً پرنسپل صاحب ایسا نہیں کرتے تھے۔

''دیکھیے!'' پرنسپل صاحب طلباء سے مخاطب ہوئے''ہسٹری تو ہمارا سبجیکٹ نہیں رہا ہے

لیکن ہم آج آپ سے کچھ ایسی ضروری باتیں کریں گے جو آپ کے حال اور مستقبل میں بہت کام آئیں گی۔"

"یس سر!" ایک دو طلباء کی آوازیں آئیں۔

پرنسپل صاحب نے ٹیبل پر پڑے ہوئے چاک کے ایک چھوٹے سے ٹکڑے کو اٹھا کر لکھا......"Self Confidence" پھر بولے" آپ سب اس لفظ کے معنی جانتے ہیں۔اس کا مجھے یقین ہے۔"

ایک لڑنے نے کھڑے ہو کر کہا......"خود اعتمادی۔"

"گڈ......آپ نے بالکل ٹھیک کہا۔پھر قدرے توقف کے بعد پوچھا" کیا نام ہے آپ کا؟......"

"سر! میرا نام فہیم احمد ہے۔"

"اور ہندی میں اسے کہتے ہیں......"

ایک دوسرا طالب علم اوم پرکاش بول پڑا......"سر! آتم وشواس۔"

"جی ہاں ......آتم وشواس۔آپ سب اس کے بارے میں جانتے ہیں۔اس کی تعریف بھی بتا سکتے ہیں لیکن یہ خود اعتمادی آپ سے کتنوں میں ہے یہ میں نہیں جانتا۔ میرے عزیزو! انسانی زندگی میں یہی کامیابی کی کلید ہے......جانتے ہو نا کہ کلید کسے کہتے ہیں؟ کلید چابی کو کہتے ہیں۔خود اعتمادی انسان کی کامیابیوں کے تالے کھولتی ہے......دروازے کھولتی ہے۔کوئی شخص کتنا ہی ذہین ہو، کتنا ہی پڑھا لکھا ہو، کیسا ہی ہنرمند یا فن کار ہو......اگر وہ خود اعتمادی کی دولت سے محروم ہے تو فتح اور کامیابی کا حصول اس کے لیے دشوار ہو جائے گا۔"

سبھی طلبا نہایت خاموشی سے پرنسپل صاحب کا لکچر سن رہے تھے......انھوں نے کہا

......"کلاس میں جب لکچرر کوئی سوال کرتا ہے تو جواب جانتے ہوئے بھی بعض طلبا کنفیوز رہتے ہیں اور صحیح جواب نہیں دے پاتے...... ایسا ہوتا ہے یا نہیں؟"

"یس سر! ایسا ہوتا ہے۔" کئی طلبا ایک ساتھ بولے۔

"انٹرویو دینے والے طلبا خواہ وہ ایڈمیشن کے لیے ہو یا پھر نوکری کے لیے...... صحیح جواب جاننے کے باوجود گھبراہٹ یا ذہنی دباؤ کا شکار ہو جاتے ہیں اور صحیح وغلط کی بھول بھلیوں میں پھنس کر غلط جواب دے دیتے ہیں۔

کتنی ہی بار ایسا ہوتا ہے کہ ہم جواب نہیں دے پاتے اور جب درست جواب سامنے آتا ہے تو سوچتے ہیں کہ یہ تو میں جانتا تھا ہر پڑھا لکھا آدمی اچھی اور روانی سے تقریر نہیں کر سکتا جب کہ اسکے مقابلے میں ایک بہت کم پڑھا لکھا بہت کم معلومات رکھنے والا خود اعتمادی کے بل پر نہایت روانی سے مؤثر تقریر کر لیتا ہے۔

میرے عزیزو! آپ کو اپنی اسی کمی کو دور کرنا ہے اگر آپ نے اس نفسیاتی عیب پر قابو پالیا تو آپ ایک کامیاب انسان ثابت ہوں گے۔ جس میدان میں قدم رکھیں گے کامیابی آپ کے قدم چومے گی۔

بعض لوگ اپنی اس صلاحیت کو بعض دوسری وجوہ سے بھی ضائع کر دیتے ہیں یا پس پشت ڈال دیتے ہیں...... آپ ان وجوہ کو بتا سکتے ہیں؟" کبیر احمد خاں نے سوال کیا تو سارے طلبا اُن کی جانب تکتے رہے۔

"میں بتاتا ہوں"...... انھوں نے کہا "آپ غریب ہیں، اس لیے بڑا آدمی بننے کے خواب نہیں دیکھ سکتے۔ بڑا آدمی بننے کے لیے جو وسائل درکار ہوتے ہیں وہ آپ کے پاس نہیں ہیں...... آپ کا لباس اچھا نہیں ہے اس لیے......"

"سر! میں......" فہیم احمد نے درمیان میں کھڑے ہو کر بولنے کی کوشش کی......"

سر! میں سمجھتا ہوں کہ دوسروں کے ذریعہ کی جانے والی حوصلہ شکنی بھی ناکامیوں کا سبب بنتی ہے۔"

"یس! آپ بالکل ٹھیک کہہ رہے ہیں۔" پرنسپل صاحب نے کہا تو ایک شرارتی لڑکے نے ڈیسک پر سر رکھ کر آہستہ سے کہا...... "آپ بیتی کہہ رہا ہے۔" یہ رفیق کی آواز تھی۔

"حوصلہ شکنی کرنے والے، غلط مشورے دینے والے عموماً حاسد ہوتے ہیں۔ وہ خود تو آگے بڑھنے کا حوصلہ نہیں رکھتے۔ اپنے قیمتی وقت کو برباد کرتے ہیں اور دوسروں کو آگے بڑھنے سے روکتے ہیں...... ایسے ساتھیوں سے یا عزیزوں سے ہوشیار رہنا چاہیے۔ یہ بات یاد رکھیے کہ اگر آپ کے دل میں منزل کو پانے کی لگن ہے تو آپ یقیناً پائیں گے۔ قدرت بھی انھیں مایوس نہیں کرتی......"

پرنسپل صاحب ابھی کچھ اور مشورے دیتے کہ گھنٹی بج گئی اور وہ کلاس چھوڑ کر چلے گئے۔ ان کی باتیں اور مشورے فہیم احمد کے ذہن سے دل تک اترتے چلے گئے۔ اس کے سامنے مستقبل کے دریچوں سے سہانے منظر سامنے آنے لگے۔ وہ ابھی پرنسپل صاحب کے مؤثر اور مفید لکچر کے حصار سے نکلا بھی نہیں تھا کہ کسی نے اُس کے کندھے پر ہاتھ رکھ کر کہا...... "پرنسپل صاحب جو نشے کی گھٹی تمہیں پلا کر گئے ہیں کیا اُسی کے نشے میں ابھی تک اونگھ رہے ہو۔"

فہیم احمد نے چونک کر پیچھے مڑ کر دیکھا...... یہ رفیق تھا کلاس کا سب سے زیادہ بے پرواہ، تفریح باز قسم کا لڑکا...... کلاس میں نئے سر داخل ہو چکے تھے۔ وہ اور دوسرے طلباء احتراماً کھڑے ہو گئے......

☆............☆............☆............☆

اگلے دن جب فہیم احمد کالج میں داخل ہو رہا تھا تو کسی نے اس کے گلے میں ہاتھ ڈالتے ہوئے کہا...... ''کہیے مسٹر اینٹی لکچول! کیا حال ہیں؟''

اُس نے مڑ کر دیکھا۔ یہ محمد احمد تھا...... رفیق کے گروپ کا ایک اوباش قسم کا لڑکا۔

اُس نے اُس کا ہاتھ ہٹاتے ہوئے کہا...... ''ٹھیک ہوں...... مگر آپ نے کہا کیا؟''

''مسٹر اینٹی لکچول کہا...... اور کیا کہوں۔ خوب بول رہے تھے نا! کل کبیر سر کے کلاس میں۔ تمہیں تو بہت اچھی لگی ہوں گی اُن کی بکواس باتیں۔''

''مگر رہو گے درزی کے بیٹے ہی...... چاہے کچھ بھی کرلو۔ تمہیں بھی کپڑے ہی سینا ہیں۔ کام سیکھ لو باپ سے ورنہ پڑھ لکھ کر جوتیاں چٹخاتے پھروگے۔''

''کل کیا ہوگا کوئی نہیں جانتا محمد احمد صاحب! کس کی قسمت میں کیا لکھا ہے یہ تو مستقبل ہی بتائے گا...... ویسے میں یہ بتادوں کہ درزی ہونا نہ تو اسلام کی نظر میں جرم ہے اور نہ ملک کے قانون کے حساب سے۔ خدا کا شکر ہے کہ میرے والد اسمگلنگ نہیں کرتے۔'' فہیم احمد نے جیسے دکھتی رگ پر ہاتھ رکھ دیا ہو۔ محمد احمد نے تلملا کر کہا: ''کھال میں رہو۔ ورنہ زبان کھینچ لوں گا۔''

''جب کہو تو پھر سننے کی تاب بھی رکھو۔'' فہیم احمد نے کہا۔

''جا، جا کلاس شروع ہوگئی ہے...... میرے منہ مت لگ۔'' محمد احمد نے کہا اور بجائے کلاس روم میں جانے کے کینٹین کی طرف مڑ گیا۔

☆..........☆..........☆..........☆

فہیم احمد نے طے کرلیا تھا کہ وہ پرنسپل صاحب کے مشوروں پر عمل کرے گا اور کچھ بن کر دکھائے گا، خواہ اُس کی راہ میں کتنی ہی رکاوٹیں آئیں۔

کئی دن تک محمد احمد نے فہیم احمد سے بات نہیں کی۔ لیکن کسی قسم کی دھونس یا غنڈہ

گردی کا مظاہرہ بھی نہیں کیا۔حالانکہ فہیم احمد کو یہ توقع ضرور تھی کہ رفیق کا گروپ اُسے کوئی بھی نقصان پہنچا سکتا ہے۔البتہ ہوٹنگ کرنا اُن کا مشغلہ رہا۔اس میں بھی محمد احمد نے زیادہ حصہ نہیں لیا۔

ایک دن فہیم احمد نے فری پیریڈ میں محمد احمد سے علیحدگی میں بات کی اور اپنے رویے اور چبھتے ہوئے جملوں کے لیے معافی مانگی تو اُس نے کہا: "قصور تمہارا نہیں میرا ہی ہے۔میں نے بہرحال طے کرلیا ہے کہ تمہیں تکلیف نہیں پہنچاؤں گا۔لٰہذا تم بھی مجھے معاف کردو......" اور فہیم احمد کے ذہن سے کئی دنوں کا بوجھ اتر گیا۔وہ کسی کو اپنی ذات سے جسمانی یا ذہنی اذیت پہنچانے کا تصور بھی نہیں کرسکتا تھا۔

فہیم کے والد کا شمار شہر کے اچھے درزیوں میں ہوتا تھا۔شیروانی کی کٹائی اور سلائی میں تو وہ ماہر تھے۔دوردراز سے لوگ آکر شیروانیاں انھیں سے سلواتے تھے۔یہی وجہ تھی کہ ان کی آمدنی مناسب تھی اور اہلِ خانہ کی گذر بسر بہت اچھے ڈھنگ سے ہورہی تھی......جیسی کہ ایک متوسط خاندان کی ہونا چاہیے۔البتہ ان کا کوئی بینک بیلنس نہیں تھا اور نہ ہی تعیش کا بہت سارا سامان۔وہ سماج میں عزت کی زندگی جیتے تھے اور سب انھیں ماسٹر صاحب کہتے تھے ...... کثرت استعمال سے "ٹیلر" لفظ تو غائب ہوگیا تھا اور ماسٹر صاحب رہ گیا تھا...... وہ فہیم احمد کے تعلق سے بھی یہی چاہتے تھے کہ وہ ٹیلرنگ سیکھ لے تاکہ مستقبل میں کسی مالی پریشانی سے دوچار نہ ہونا پڑے۔وہ اسے شیروانی کی کٹائی اور سلائی کا ماہر بنانا چاہتے تھے...... مگر فہیم احمد کو اس ہنر سے کوئی دلچسپی نہیں تھی وہ تو ڈاکٹر بننا چاہتا تھا اور ایک دوبار اس کا اظہار وہ والد صاحب کے سامنے کر بھی چکا تھا۔

اس کی اسی خواہش کے اظہار پر ایک دن والد صاحب نے اسے سمجھایا بھی تھا کہ......" بیٹے! ڈاکٹری پڑھنا کوئی ہنسی کھیل نہیں ہے۔اس میں لاکھوں روپیوں کی

ضرورت ہوتی ہے اور پھر کئی سال کا عرصہ بھی لگتا ہے...... ہماری آمدنی اتنی کہاں ہے؟"
تو اس نے کہا تھا...... ابو! میں اپنی سی کوشش تو یہی کر رہا ہوں۔ اب آگے قسمت کہ یہ خواہش پوری ہو یا نہ ہو...... میرے سامنے تو ایسی مثالیں بھی ہیں جنھوں نے غریب ہوتے ہوئے بھی ایم بی بی ایس پاس کرلیا۔"

والد نے بتایا...... "بیٹے! میں نے بھی کئی لوگوں سے اس کا ذکر کیا۔ میرے پاس تو اچھے پڑھے لکھے لوگ اور پروفیسر صاحبان شیروانی سلوانے آتے ہیں۔ کسی نے یہ نہیں کہا کہ ہماری حیثیت بیٹے کو ڈاکٹری پڑھوانے کی ہے۔ کسی نے فیس بتائی تو وہ بھی لاکھوں میں۔ کسی نے کہا...... ڈونیشن میں بھی بیس پچیس لاکھ روپے لے لیتے ہیں آج کل ...... خالص اپنی محنت کے بل پر سلیکٹ ہونا بہت مشکل ہوتا ہے۔"

کالج کے ساتھی بالخصوص کلاس فیلو فہیم احمد میں نمایاں تبدیلی محسوس کر رہے تھے چپ رہنا، الگ تھلگ رہنا، طنزیہ فقرے سن کر جواب نہ دینا اور گھنٹوں کرب میں مبتلا رہنا نیز کالج کے بڑے لڑکوں سے خوفزدہ رہنا اس کی عادت تھی، لیکن اب اس کے برعکس وہ مسکراتا بھی، لڑکوں سے گھل مل کر رہتا اور طنزیہ فقروں کو جلد ہی ذہن سے جھٹک دیتا۔ گاہے بہ گاہے وہ طنزیہ باتوں کا جواب اسی انداز میں دے دیتا۔ ڈر ڈر کر جینا اب اُسے بھی اچھا نہیں لگتا تھا۔ کبیر سر کے لیکچر سے اُس نے بہت کچھ اخذ کیا تھا...... یہی سبب تھا کہ اس کا مذاق بنانے والے لڑکوں کی تعداد کم ہوگئی تھی اور بھلے لڑکوں نے اس کے قریب آنا اور اُس سے استفادہ کرنا شروع کر دیا تھا۔

ایک دن خالی پیریڈ میں وہ پرنسپل صاحب کے روم میں چلا گیا، کبیر احمد سر کسی فائل میں محو تھے......

"سر کیا میں اندر آسکتا ہوں۔"

''آیئے تشریف لائیے...... آپ فہیم احمد ہی ہیں نا!'' انھوں نے ذہن پر زور ڈالتے ہوئے کہا۔

''جی سر! آپ نے ٹھیک پہچانا۔''

''آپ ذہین لڑکے ہیں...... اور ایسے بچے مجھے یاد رہ جاتے ہیں۔''

''شکریہ سر!''

''اس وقت کیسے آنا ہوا؟'' کبیر سر نے پوچھا۔

''سر! میں آپ سے کچھ دریافت کرنے حاضر ہوا ہوں۔''

''جی فرمائیے۔''

''سر! کیا میں ڈاکٹری نہیں پڑھ سکتا؟''

''کیوں نہیں پڑھ سکتے؟ آپ جیسے طلباء ہی تو پڑھتے ہیں۔''

''یہ تو ٹھیک ہے سر......؟''

''تو پھر غلط کیا ہے؟ یہ سوال پوچھنے کا سبب کیا ہے؟''

کبیر سر نے اُسے سوالوں میں قید کرلیا۔

''سر بات یہ ہے کہ میں ایم بی بی ایس کرنا چاہتا ہوں۔''

''بہت اچھی بات ہے......ضرور کرو۔''

''مگر ایم بی بی ایس کرنے کے لیے بیس پچیس لاکھ روپے ڈونیشن دینے پڑتے ہیں۔ اور میرے والد کی مالی حیثیت تو ایسی ہے نہیں وہ تو پانچ دس لاکھ بھی خرچ نہیں کر سکتے۔'' فہیم نے وضاحت کی۔

''یہ آپ سے کس نے غلط کہہ دیا کہ ڈونیشن دینے والوں کو ہی ایم بی بی ایس کرنے کا موقع ملتا ہے...... ایسا اُن طلبا کے ساتھ ہوتا ہے جو اچھی رینک سے پاس نہیں ہوتے۔

جو اینٹرینس نہیں نکال پاتے۔ ایسے طلباء اپنے سرپرستوں کی دولت کا سہارا لیتے ہیں ...... جو طلباء اچھی ڈویژن لاکر پاس ہوتے ہیں جو اینٹرینس ایگزام نکال لیتے ہیں ان کا کچھ خرچ نہیں ہوتا سوائے فیس کے۔ آپ محنت سے پڑھیے اپنی لیاقت بڑھائیے اور پورے اعتماد سے ایگزام کوالی فائی کیجیے۔ یقیناً منزل آپ کے قدم چومے گی ؎

قدم چوم لیتی ہے خود بڑھ کر منزل
مسافر اگر اپنی ہمت نہ ہارے

میری دعا ہے کہ تمہیں منزلِ مقصود ملے......

اور فہیم احمد ایک نئے حوصلے اور ولولے کے ساتھ پرنسپل صاحب کے کمرے سے نکلا تو رفیق احمد اور اس کے ساتھیوں نے دیکھا اور چونک گئے۔ وہ مسکرا دیا تھا۔ اس کے چہرے سے اعتماد اور اطمینان ظاہر ہو رہا تھا......

''استاد! یہ بہت پہنچا ہوا لگتا ہے۔'' رفیق کے ایک ساتھی نے سرگوشی کی۔

''پرنسپل صاحب سے اس کا قریبی تعلق لگتا ہے...... جبھی تو اس کا انداز بدل گیا ہے۔'' دوسرا ساتھی بولا۔

''اب اسے تنگ کرنے کی زیادہ ضرورت نہیں ہے۔ اسے اسکے حال پر چھوڑ دو۔ ورنہ کسی دن ہماری پیشی کرادے گا۔'' یہ تیسرے ساتھی کی آواز تھی۔

''اپنے منہ بند رکھو...... ڈرپوک کہیں کے...... بک بک کئے جا رہے ہو۔'' رفیق نے جھنجھلا کر سب کو چپ کیا لیکن خوف کی ہلکی سی ایک لہر اُس کے اندر بھی سرایت کرگئی تھی۔

☆..........☆..........☆..........☆

انہی دنوں ''بزمِ اُردو'' کی جانب سے ایک تقریری مقابلے کا انعقاد کیا گیا تھا جس کا موضوع تھا ''میں...... بننا چاہتا ہوں۔'' سات منٹ کی اس تقریر میں یہ بتانا تھا کہ وہ پڑھ

لکھ کر ڈاکٹر، وکیل، انجینئر، ٹیچر یا پھر کچھ اور بننا چاہتا ہے اور یہ بھی بتانا تھا کہ وہ کیوں بننا چاہتا ہے۔ بہت سے طلبا نے اپنے نام لکھوائے۔ فہیم احمد نے بھی کلاس ٹیچر کو جب اپنا نام دیا تو پیچھے سے ایک آواز آئی "میں درزی بننا چاہتا ہوں۔" پھر بہت سے لڑکے قہقہہ مار کر ہنسنے لگے۔ فہیم احمد نے ترکی بہ ترکی جواب دیا...... "میں اپنے والد کا شاگرد بنوا سکتا ہوں۔" ایک بار پھر قہقہہ پڑا...... یہ دوسرے لڑکے تھے...... اور پھر بات آئی گئی ہوگئی۔

مقابلہ کا دن آگیا۔ کالج کا ہال طلباء سے کھچا کھچ بھرا ہوا تھا۔ پرنسپل صاحب کرسی صدارت پر تشریف فرما ہو چکے تھے۔ مقابلہ کا آغاز ہوا اور بڑی کامیابی سے چلتا رہا کہ اناؤنسر نے فہیم احمد کا نام پکارا۔ فہیم احمد ڈائس پر آئے اور نہایت اعتماد سے ٹھہر ٹھہر کر بولنا شروع کیا......

جناب صدر، اساتذہ کرام اور ساتھیو!

مجھ سے قبل میرے کئی ساتھیوں نے بڑی مؤثر تقریریں کی ہیں اور اپنی اپنی پسند کے مطابق اپنی خواہش کا اظہار کیا ہے...... جہاں تک میرا تعلق ہے میں بظاہر کچھ بھی سہی لیکن اپنے مقصد اور خواہش کے مطابق تعلیم حاصل کر رہا ہوں۔ میں سائنس کا طالب علم ہوں اور میں ڈاکٹر بننا چاہتا ہوں......"

پیچھے کی نشستوں سے زوردار قہقہہ پڑا۔ یہ سارے کے سارے اسی کے کلاس فیلوز تھے۔

"عزیز دوستو! میری یہ خواہش آپ کو خواہ مخواہ مضحکہ خیز نہیں معلوم ہوئی۔ آپ سب بھی اسی شہر میں رہتے ہیں اور اکثر میرے محلے اور اس کے اطراف میں۔ اس لیے میرے حالات سے واقف ہیں لہٰذا آپ قہقہہ لگانے میں حق بجانب ہیں...... لیکن میں اس بات کا قائل ہوں کہ حالات کتنے ہی دشوار ہوں...... منزل مقصود کتنی ہی دور ہو مگر ہمیں سنجیدگی اور خلوص سے اُسے پانے کی کوشش ضرور کرنا چاہیے، جو لوگ حالات ناسازگار ہونے کی

وجہ سے ہمت ہار دیتے ہیں اور مایوس ہو جاتے ہیں وہ بزدل ہوتے ہیں۔"

سارا ہال تالیوں سے گونج اٹھا۔ پہل پرنسپل صاحب نے کی تھی۔ وہ مسکرا بھی رہے تھے۔ فہیم احمد نے تقریر جاری رکھتے ہوئے کہا......

"میں ایسے مایوس اور کم ہمت ساتھیوں سے اتنا ہی کہوں گا کہ ؎

بڑھ کے منزل ترے قدموں کی بلائیں لیتی
دل سے ایک بار تو منزل کو پکارا ہوتا"

اس شعر پر پھر تالیاں بجنے لگیں۔ قہقہے لگانے والے بھی حیرت سے فہیم احمد کو دیکھ اور سن رہے تھے۔

"جہاں تک میرے ایم بی بی ایس کرنے کا تعلق ہے تو جو لوگ میرے حالات سے واقف ہیں وہ اسے محض وقتی جذبہ یا دیوانے کی بڑ سے تعبیر کر سکتے ہیں کیونکہ لوگ یہ جانتے ہیں کہ آج کے زمانے میں ڈاکٹر بننا ہنسی کھیل نہیں ہے لیکن میں اللہ تعالیٰ کے خصوصی فضل و کرم، اپنے پرنسپل صاحب کے انتہائی مفید مشوروں اور حوصلہ افزائیوں نیز اپنے کلاس کے ساتھیوں کی مخلصانہ باتوں کی وجہ سے پُر امید ہوں کہ میری خواہش ضرور پوری ہوگی ......انشاءاللہ مجھے منزل مقصود ملے گی۔"

ایک بار پھر تالیاں اور زوردار تالیاں بج اٹھیں۔ فہیم احمد نے کچھ توقف کے بعد پھر بولنا شروع کیا۔

"اساتذۂ کرام اور دوستو!

میں علامہ اقبالؒ کے اس معروف شعر ؎

یقین محکم، عمل پیہم، محبت فاتح عالم
جہادِ زندگانی میں یہ ہیں مردوں کی شمشیریں

کی عملی تفسیر بن جانا چاہتا ہوں ...... اگر اللہ تعالیٰ کا فضل و کرم شامل حال رہا تو ان شاء اللہ ایک دن میں ڈاکٹر بن کر اسی شہر میں انسانیت کی خدمت کروں گا...... جی ہاں! میں جانتا ہوں کہ یہ اہم پروفیشن کاروباری بن کر رہ گیا ہے مگر میں آپ کو یقین دلاتا ہوں کہ میرا مقصد محض دولت کمانا نہیں ہوگا، شہرت حاصل کرنا نہیں ہوگا۔ اگر نیت نیک ہے تو یہ ظاہری فائدے تو خود بخود حاصل ہوں گے۔ مجھے آپ کی دعاؤں کی ضرورت ہے۔ آخر میں میں اپنے محترم پرنسپل جناب کبیر احمد صاحب اور اپنے ساتھی رفیق احمد کا شکریہ ادا کرنا ضروری خیال کرتا ہوں جن کی وجہ سے مجھے خود اعتمادی اور پیہم عمل کی نعمت نصیب ہوئی...... اللہ حافظ

بہت دیر تک تالیوں کی گونج میں کچھ سنائی نہیں دے رہا تھا...... کہ اناؤنسر نے صدر صاحب کو صدارتی کلمات کے لیے پکارا...... اور پھر مائک ان کی میز پر ہی رکھ دیا۔

پرنسپل صاحب نے پروگرام پر پسندیدگی کا اظہار کیا اور فہیم احمد کی تقریر کی خوب خوب تعریف کی اور یہ بھی کہا کہ ہمیں فخر ہے کہ اتنا لائق اور ذہین طالب علم ہمارے کالج کا طالب علم ہے۔ دوسرے طلبا کو بھی اس سے سبق حاصل کرنا چاہیے...... پرنسپل صاحب نے فہیم احمد کو اس کے مقاصد کے حصول کے لیے ہر ممکن تعاون دینے کی بات بھی کہیں۔ فہیم احمد کو پہلے انعام کا شیلڈ بھی پیش کیا گیا......

رفیق احمد پر فہیم احمد کی تقریر نے جادو کر دیا۔ وہ واقعی رفیق بن گیا۔ اب وہ پہلے جیسا رفیق احمد نہیں رہا تھا۔

☆☆☆☆

پرس پاکٹ مار اور وہ

میرے محترم

السلام علیکم!

آپ کا پرس حاضر خدمت ہے۔اس میں آپ کی ووٹر آئی ڈی اور دو ضروری اور اہم کاغذ موجود ہیں جو پرس میں فولڈ کر کے آپ نے رکھے تھے...... البتہ رقم نہیں ہے جس کی وضاحت بھی اس خط کی اگلی سطور میں ضرور کروں گا۔

محترم! میرے اس عمل سے آپ یقیناً حیران ہوں گے کہ میں نے آپ کا پرس واپس کیا......اور وہ بھی خالی......اور یہ کہ میں کوئی چور یا جیب کترہ ہوں یا مہذب سماج کا ذمہ دار فرد......میں آپ کی ذہنی کیفیت محسوس کر سکتا ہوں اور یہ بھی کہ جب چار باغ ریلوے اسٹیشن سے نکل کر اپنی منزل مقصود پر پہنچے ہوں گے تو پرس نہ پا کر کتنے پریشان ہوئے ہوں گے مگر پرس پانے کے بعد میں اسے فوری آپ تک پہنچانے کی نیت اور خواہش کے باوجود اسے اس لیے نہیں پہنچا سکا کہ مجھے آپ کی منزل کا کوئی پتہ نہیں تھا۔ میں نے پرس میں موجود ایک ایک کاغذ پڑھا مگر کہیں کچھ نہیں تھا۔ اگر اس وقت کوئی فون یا موبائل نمبر مجھے کسی کاغذ پر ملا ہوتا تو آپ کو یقیناً کوئی پریشانی نہیں ہوتی۔ میں آپ کی زحمتوں کو محسوس کرتے ہوئے آپ کا پرس آپ تک پہنچاتا۔ آپ کا پتہ بھی ووٹر آئی ڈی کارڈ سے ملا ہے لہٰذا یہ امانت آپ تک پہنچا رہا ہوں۔ میرا خیال ہے اس میں جو کاغذ رکھے ہوئے ہیں وہ اس رقم سے کہیں زیادہ اہمیت رکھتے ہیں جو اس پرس میں تھی...... اس وقت میں آپ کی نظر میں قصوروار گردانا جا رہا ہوں گا لیکن میں آپ کو اپنا محسن تصور کر رہا ہوں۔

جناب عالی! میں کوئی چور یا جیب کترہ نہیں ہوں۔ البتہ حالات کا مارا ضرور ہوں جس نے مجھے ایک غیر اخلاقی اور ناپسندیدہ فعل کے لیے مجبور کیا ہے۔ میں ان دنوں جن ناگفتہ بہ

حالات سے گزر رہا ہوں اس میں کوئی بھی شخص غلط طریقوں کو اپنا سکتا ہے مگر مجھے اپنے مرحوم والد کی ایک ایک نصیحت یاد ہے، مجھے حلال وحرام اور جائز و ناجائز کا شعور ہے اور آپ کی رقم آپ تک پہنچانے کی نیت رکھتا ہوں...... لیکن اس وقت تو میں اسے قدرت کی طرف سے مہیا کیا گیا تحفہ خیال کر رہا ہوں ان شاء اللہ وہ دن جلد آئے گا کہ میں آپ کی امانت آپ کو پہنچاؤں گا۔ آپ سے معافی طلب کروں گا اور ہمیشہ اپنے محسن کا ممنون رہوں گا...... میرے اس اعتراف سے یہ بات تو آپ کے ذہن میں صاف ہوگئی ہوگی کہ پرس کی رقم میرے پاس ہے بیشک میں آپ کا قرض دار ہوں۔ لیکن ہم دونوں ایک دوسرے کے لیے اجنبی تھے اور ابھی ہیں۔ میں سوچ بھی نہیں سکتا تھا کہ یہ تعاون آپ کی جانب سے مجھے ملے گا۔ ایسے وقت جب اچانک سر سے سایہ اٹھ جائے، اپنے نظریں پھیر لیں اور سامنے تاریکی ہی تاریکی ہو...... ایسے حالات میں ڈرامائی طریقے سے میری وقتی ضرورتوں کا انتظام ہو جائے، میری آزمائش کا حل نکل آئے تو میں اس پر اللہ کا شکر اور آپ کا شکریہ کیوں نہ ادا کروں؟

محترم! میں آپ کا وقت ضائع نہیں کرنا چاہتا لیکن یہ وضاحت کرنا ضروری خیال کرتا ہوں کہ جب آپ نے چار باغ اسٹیشن کے گیٹ پر ٹکٹ کلکٹر کو ٹکٹ دینے کے لیے اپنی ہپ پاکٹس سے پرس نکالا تو آپ کے پیچھے والے مسافر نے بھانپ لیا ہوگا۔ آپ نے پرس ٹکٹ نکال کر واپس رکھ لیا۔ میں اُس کے پیچھے تھا۔ گیٹ سے نکلتے ہی اُس شخص نے جو یقیناً پاکٹ مار تھا آپ کا پرس کھینچ لیا اور بائیں جانب تیز قدموں سے آگے بڑھا۔ میں نے اس کا پیچھا کیا۔ چور چور کی آواز بھی لگائی کچھ دوری پر میں نے اسے دبوچ لیا۔ اُس نے پرس دور پھینک دیا۔ میں نے اسے چھوڑ کر پرس اٹھالیا۔ واپس آیا تو آپ جا چکے تھے۔ اس پاس تلاش کیا مگر ناکام رہا۔ اس وقت آپ مل جاتے یا آپ کے پہنچنے کی جگہ کا علم ہو جاتا تو یہ پرس مع رقم آپ کو مل جاتا...... مگر جوں جوں وقت گزرا میری سوچ بدلنے لگی۔

میرے سامنے میرے مسائل منہ کھولے کھڑے تھے ،لہٰذا میں نے اللہ کی مصلحت تصور کرتے ہوئے یہ فیصلہ کیا کہ میں اس میں موجود رقم سے فی الحال اپنی ضرورتیں پوری کروں اور وقت آنے پر آپ کی یہ امانت آپ کو لوٹا دوں...... ان شاء اللہ میں ایسا ہی کروں گا...... میں لکھنؤ گیا ہی اس لیے تھا کہ میری موجودہ پریشانیوں کا حل نکل آئے اور میرے والد کے دوست شاید میرے کام آجائیں مگر اُن تک پہنچنے کی نوبت ہی نہیں آئی۔ آپ کے پرس میں اتنی رقم موجود تھی کہ میری فیس اور دیگر ضرورتیں پوری ہو جائیں۔

میں انشااللہ آپ کی خدمت میں اُس وقت حاضر ہوں گا اور آپ سے اس خطا کے لیے معافی مانگوں گا جب آپ کی رقم آپ کو لوٹاؤں گا۔ فقط: آپ کا ایک مقروض اور قصوروار۔

☆..........☆..........☆..........☆

ذکی اللہ خاں نے خط کو ایک بار پڑھا...... پھر کچھ وقفہ سے دوبارہ ٹھہر ٹھہر کر پڑھا اور پھر دونوں کہنیوں کو میز پر ٹکا کر دونوں ہاتھوں کی انگلیاں ایک دوسرے میں پیوست کر کے اپنی تھوڑی مکّے نما اسٹینڈ پر لگا دی اور سوچتے رہے۔ پرس کی جیبیں دیکھیں جس میں سارے کاغذ موجود تھے۔ پھر اس پیکٹ کو دیکھا کہ شاید کوئی پتہ نشان مل جائے مگر لفافہ بالکل سادہ تھا۔ وہ کرسی پر نیم دراز ہو گئے اور گھنٹی بجائی۔

"جی صاحب!" عبدل بھائی نے اندر داخل ہوتے ہوئے کہا۔

"یہ پیکٹ یہاں آپ نے لا کر رکھا تھا؟"

"جی صاحب!"

"کب؟"

"کل صاحب۔" وہ چند ثانیے خاموش رہے اور صاحب کو سوچ میں گم دیکھ کر بولے......

"صاحب جی! ایک نوجوان لڑکے بائک پر آئے تھے۔ انھوں نے پیکٹ میرے ہاتھ

میں دیا اور کہا یہ ذکی اللہ خاں کو پہنچانا ہے۔ ہم نے کہا صاحب تو یہیں نہیں باہر گئے ہوئے ہیں، ہم اُن کی میز پر پہنچا دیتے ہیں۔ آپ اپنا نام بتا دیجیے ہم صاحب کو بتا دیں گے تو انہوں نے کہا اس میں سب کچھ لکھا ہے، صاحب سمجھ جائیں گے...... ہم نے کہا پھر بھی آپ ہمیں کچھ تو بتائیے کہ آپ کون ہیں۔ انھوں نے ہماری بات کا جواب نہیں دیا۔ لگتا تھا جلدی میں تھے۔"

"آپ نے کبھی اس سے پہلے اس لڑکے کو دیکھا تھا؟"

"نہیں صاحب! اس سے پہلے تو نہیں دیکھا...... مگر صاحب کوئی خاص بات نہیں؟ کیا ہم سے کوئی غلطی ہوگئی؟" عبدل بھائی کچھ گھبرائے ہوئے انداز میں پوچھنے لگے۔

"نہیں کوئی غلطی نہیں ہوئی ...... مگر اپنا نام پتہ کچھ نہیں لکھا ہے اس لیے آپ سے معلوم کیا...... جائیے آپ۔" ذکی اللہ خاں نے نحیف آواز میں کہا۔

عبدل بھائی ادھیڑ عمر کے شخص تھے۔ ضرورت بھر پڑھے لکھے بھی تھے اور صاحب کے موڈ کو وہ خوب پڑھنا جانتے تھے۔ ان کے اجازت دینے کے باوجود کچھ دیر کھڑے رہے پھر بولے ...... "صاحب! پیکٹ لیتے ہوئے ہم نے یہ محسوس کیا تھا کہ وہ بہت جلدی میں ہیں۔ کوئی بات کہنا نہیں چاہتے ہمیں اپنا نام بھی نہیں بتا رہے ہیں تو کوئی خاص بات ضرور ہے اس لیے ہم نے اُن کی بائک کا نمبر پڑھ لیا تھا کہ ہوسکتا ہے صاحب کو اس کی ضرورت پیش آجائے۔" اور پھر عبدل بھائی نے اخبار کے حاشیے پر لکھا ہوا نمبر اپنے کوٹ کی جیب سے نکال کر ذکی اللہ خاں کی میز پر رکھ دیا۔ "صاحب ہم بھول نہ جائیں، اس لیے، ہم نے کل کے اخبار پر یہ نمبر لکھ لیا تھا، کاغذ پھاڑ کر رکھ لیا تھا۔"

"ٹھیک ہے۔ اب تم گیٹ پر جاؤ۔"

عبدل بھائی چلے گئے تو ذکی اللہ خاں نے میز پر رکھا پُرزہ اٹھایا اور مسکرانے لگے...... اُن کی ساری کوفت دور ہو چکی تھی۔

☆..............☆..............☆..............☆

ذکی اللہ خاں شہر کے معززین میں شمار ہوتے تھے۔ وہ برتنوں کے کارخانے کے مالک تھے۔ وہ بہت مالدار شخص نہ سہی لیکن خوشحال ضرور تھے۔ تعلیم یافتہ تھے۔ بااخلاق، ملنسار اور رحم دل تھے۔

انھوں نے ایک بار پھر سامنے رکھے خط کو پڑھا۔ خط کی ہر سطر سے مکتوب الیہ کی شخصیت اور اس کے حالات کا اظہار ہو رہا تھا۔ وہ تصور کی آنکھوں سے اس کے حالات کا تجزیہ کرتے رہے۔ خط کے الفاظ کی صداقت اُن کے دل میں اترتی رہی اور وہ اس نتیجے پر پہنچے کہ اس نوجوان کا یہ فعل مجبوری میں اٹھایا ہوا قدم ہے۔ ان کے دل نے کہا......

اگر وہ پاکٹ مار ہوتا تو رقم پرس سے نکال کر وہیں لکھنؤ میں کہیں پرس پھینک دیتا...... اگرچہ باقی چیزیں اس کے کام کی نہیں تھیں لیکن بحفاظت خود یہاں آکر کیوں واپس کرتا؟

اگر وہ پاکٹ مار ہوتا تو لکھنؤ سے اتنا طویل سفر کیوں کرتا؟ یہ بات بالکل درست تھی چار باغ اسٹیشن پر پرس موجود تھا اور ٹکٹ اسی میں رکھا تھا......؟

کوئی چور بدنیت اور جھوٹا شخص خط کیوں لکھتا، رقم کی واپسی کا اظہار کیوں کرتا؟ اسے ہماری امانت اور خود کو قرض دار کیوں تصور کرتا......

اور پھر وہ اس نتیجے پر پہنچے کہ وہ نوجوان بھی اسی شہر کا رہنے والا ہے۔ بانک سے یہاں آنے سے یہ بات بالکل صاف ہے۔

یہ حقیقت تھی کہ جب ذکی اللہ خاں ٹیکسی سے اترے اور پرس غائب پایا تو انھیں شدید صدمہ پہنچا، وہ بار بار جیبیں ٹٹولتے رہے، پھر بریف کیس سے رقم نکالی اور ٹیکسی ڈرائیور کو پیمنٹ کر دیا...... وہ چاہتے تو پولس میں رپورٹ لکھا سکتے تھے مگر وہ جانتے تھے کہ میں دو تین دن میں یہاں سے چلا جاؤں گا۔ رقم ملنے سے رہی تو خواہ مخواہ کی زحمت کیوں مول لی

جائے؟.....اور اب جب کہ کسی قدر ثبوت بھی اُن کے پاس تھے رقم کے حصول کے لیے وہ قانونی کارروائی کر سکتے تھے مگر خط کی صداقت اور مکتوب الیہ کی نیت پر کوئی شبہ نہیں تھا اس لیے وہ کوئی ایسا اقدام نہیں کر سکتے تھے کہ جس کی وجہ سے انھیں بعد میں افسوس اور پچھتاوا ہو..... یوں بھی رقم اتنی زیادہ نہیں تھی کہ اس کے بغیر اُن کی مالی حیثیت متاثر ہوتی ..... اس سے کہیں زیادہ مالی امداد تو وہ غریبوں ، بے سہاروں اور طلبا کی نہایت خاموشی سے سال بہ سال کر دیتے تھے۔اور پھر بات آئی گئی ہو کر رہ گئی۔

☆..........☆..........☆..........☆

ایک سال گزر گیا..... چھ ماہ مزید ہو گئے ذکی اللہ خاں کی رقم واپس نہیں ملی۔انہیں اس کا نہ کوئی غم تھا اور نہ ہی تشویش، انھوں نے تو کبھی کسی سے اس بات کا ذکر بھی نہیں کیا حتیٰ کہ عبدل بھائی کو بھی نہیں بتایا۔وہ تو تھے ہی وسیع القلب اور دوسروں کی مدد کرنے والے.....انھیں احساس تھا تو بس یہی کہ یہ نوجوان از خود رقم نہ رکھ کر مجھ سے طلب کرتا تو میں پھر بھی اس کی مدد کرتا۔اگر وہ ایماندار ہے اور یقیناً ہو گا ہی ،تو پھر وہ غیر اخلاقی فعل کا مرتکب ضرور ہوا ہے۔

ایک دن انھیں سادہ ڈاک سے ایک لفافہ ملا۔

ذکی اللہ خاں نے لفافہ چاک کیا۔ایک ڈرافٹ اُن کے نام تھا.....تیس ہزار روپے کا۔اُن کی رقم سے ڈیڑھ گنا رقم کا۔وہ حیرت زدہ رہ گئے۔ہمراہ خط کی تہیں کھول کر اسے پڑھنے لگے.....لکھا تھا:

میرے محسن اور کرم فرما بزرگ!

السلام علیکم

اس خط کے ساتھ ایک ڈرافت حاضر خدمت ہے۔میں آپ کا انتہائی ممنون ہوں کہ آپ کے تعاون سے مجھے بہت بڑی راحت ملی تھی۔نہ صرف یہ کہ میری تعلیم مکمل ہو سکی بلکہ بعض

دوسری ضرورتیں بھی پوری ہوگئیں...... میرا خط آپ کو یقیناً ملا ہوگا اور پرس بھی۔ آپ منتظر رہے ہوں گے، ممکن ہے میرے تعلق سے آپ بدگمان ہو رہے ہوں کیوں کہ رقم کی واپسی میں تاخیر ہوگئی۔ میں اس کے لیے شرمندہ ہوں لیکن یقین کیجیے کہ میں اس کی ادائیگی کے لیے مسلسل فکرمند رہا ہوں۔ اب جیسے ہی رقم فراہم ہوئی تو سب سے پہلے اس بوجھ سے نجات حاصل کر رہا ہوں جو قرض کی صورت میں مجھ پر ہمہ وقت رہا۔ میں اپنی غیر اخلاقی اور غیر ذمہ دارانہ حرکت کے لیے ایک بار پھر معذرت خواہ ہوں۔ میں نے وعدہ کیا تھا کہ میں خود حاضری دوں گا لیکن مجرمانہ احساس مانع ہے...... اللہ تعالیٰ آپ کو جزائے خیر سے نوازے...... آمین۔

طالب دعا

آپ کا احسان مند اور ضرورت مند

خط پڑھ کر ذکی اللہ خاں پھر سوچ کے سمندر میں غوطہ زن ہو گئے۔

پھر وہی حرکت کی تھی اس ایماندار اور غیرت مند نوجوان نے اپنا نام پتہ نہیں لکھا۔ سب سے زیادہ حیرت کی بات یہ تھی کہ جس پرس سے اُسے تیئیس ہزار کی رقم ملی تھی وہ تیس ہزار کے ڈرافٹ سے واپس ملی تھی...... سات ہزار روپے کے فائدے کے ساتھ۔ وہ بہت دیر تک سوچتے اور مسکراتے رہے۔ پھر دراز سے اپنی ڈائری نکالی اور خط و ڈرافٹ کو اس میں رکھ کر آفس کی فائلوں میں مصروف ہو گئے۔

کئی دن گزر گئے۔

نادیدہ نوجوان کا خط اور ڈرافٹ ہر وقت اُن کے ذہن کو کچھ سوچنے پر مجبور کرتا رہا۔

پھر ایک دن انھوں نے ڈائری نکالی اُسے کھول کر سامنے رکھا اور اُسے خط لکھنے لگے......

عزیزم امین الدین خاں

السلام علیکم!

تمہارا خط اور مرسلہ ڈرافٹ ملا۔ شکریہ۔

تمہارے پہلے خط کی روشنی میں مَیں نے تمہاری شخصیت کا ایک صاف و شفاف خاکہ اپنے ذہن میں بنا رکھا تھا جسے آج تم نے دھندلا کر دیا۔ ایک شریف، ایماندار اور محنتی شخص وعدہ خلاف ہو گا یہ میں نے نہیں سوچا تھا۔ میرے نزدیک اس رقم کی زیادہ اہمیت نہیں تھی جسے تم نے اپنی ضرورتیں پوری کرنے کے لیے روک لیا تھا مجھے تو خواہش تھی ایک اچھے نوجوان سے ملنے کی...... اور جب تم نے خود وعدہ کیا تھا تو میں نے صبر سے کام لیا۔ مجھے امید تھی تم ضرور آؤ گے مگر تمہارے اس خط نے جو میرے سامنے رکھا ہے مجھے مایوس کیا ہے، مجھے امید ہے کہ آنے والے اتوار کے دن تم مجھ سے آ کر ملو گے۔ میں تمہارا منتظر رہوں گا۔ یہ بات میں اس لیے لکھ رہا ہوں کہ تم ہر سنیچر کو دہلی سے یہاں اپنے گھر آتے ہی ہو۔

میرا خط تمہارے لیے حیرت کا باعث ہو گا کہ مجھے تمہارا پتہ کیسے حاصل ہوا۔ تمہاری ملازمت کا علم کیسے ہوا...... تو عزیزم یہ بات بھی ملاقات کرنے پر ہی تمہیں معلوم ہو سکے گی۔ میں نے تمہارے وعدے کا بھرم رکھا، ورنہ میں ملاقات تو تمہارا پہلا خط ملنے کے پندرہ بیس دن بعد ہی کر سکتا تھا۔

عزیز من! کسی شرمندگی اور خجالت کی ضرورت نہیں ہے، جو غلطی تم سے ہوئی اس کی معذرت بھی تم کر چکے ہو۔ تمہارا یہ ڈرافٹ بھی اس وقت تک میری ڈائری میں رہے گا جب تک بالمشافہ ملاقات نہیں ہو جاتی...... میری دعائیں اور نیک خواہشات تمہارے ساتھ ہیں......

دعا گو

ذکی اللہ خاں

☆........☆........☆........☆

ٹرین لیٹ ہونے کی وجہ سے امین الدین کو گھر پہنچتے پہنچتے رات کے گیارہ بج گئے

تھے۔ والدہ منتظر تھیں۔ باتھ روم سے نکل کر کھانا کھایا اور والدہ کی خیریت دریافت کرنے کے لیے ان کے گلے میں ہاتھ ڈال کر بیٹھ گیا۔

"ہاں امی! کوئی پریشانی تو نہیں ہوئی اس ہفتے میں۔"

"نہیں بیٹا، کوئی پریشانی نہیں ہوئی۔ دوائیں تم دے ہی جاتے ہو۔ ایک ذات کا کھانا پکانا ہی کیا؟ ...... ارے ہاں بیٹا! ایک لفافہ آیا ہے پرسوں۔ ڈاکیہ دے گیا تھا۔ میں نے تمہاری میز پر رکھ دیا ہے۔"

"ٹھیک ہے امی! اب آپ لیٹ جائیے۔ باقی باتیں صبح کریں گے۔ میں نے ابھی تک عشا کی نماز نہیں پڑھی ہے، وقت تنگ ہے۔"

نماز سے فارغ ہو کر امین الدین نے میز پر رکھا ہوا لفافہ اٹھایا ...... "ہائیں ......؟ ......؟" وہ حیرت زدہ رہ گیا۔

ذکی اللہ خاں کا لفافہ؟ میرا پتہ انھیں کیسے ملا؟ کیا میں ان کے لیے اجنبی نہیں تھا؟ ...... ان گنت سوال اس کے ذہن میں اٹھنے لگے۔

لفافہ کھول کر پڑھا تو حیرت کے سمندر میں دیر تک ڈوبتا ابھرتا رہا...... ایک عجیب سی بے چینی کی کیفیت تھی۔ میں کس طرح سامنا کروں گا اُن کا؟ میں اپنی صفائی میں کیا کہوں گا؟ وہ مجھے کس نظر سے دیکھیں گے...... بے شمار سوالات اُس کے ذہن سے شہد کی مکھیوں کی طرح چمٹ رہے تھے۔ نیند کا دور دور تک پتہ نہیں تھا...... خدا جانے کس وقت نیند نے اُسے اپنی آغوش میں لیا۔

☆..................☆..................☆..................☆

"صاحب!"

"جی! کہیے۔" ذکی اللہ خاں نے فائل سے نظریں اوپر اٹھا کر کہا۔

''صاحب! پچھلے سال جولڑ کا پیکٹ دے گیا تھا، وہی آیا ہے اور آپ سے ملنا چاہتا ہے۔''

''تم نے پہچان لیا...... وہی صاحب ہیں؟''

''جی صاحب جی. ..... پہچان لیا...... بانک بھی تو وہی ہے......''

''ٹھیک ہے...... انہیں اندر بھیج دو۔''

''جناب کیا میں اندر آسکتا ہوں۔''

''تشریف لائیے۔ میں آپ کا منتظر ہوں۔'' اور پھر ذکی اللہ خاں اپنی کرسی سے کھڑے ہو گئے۔

''السلام علیکم۔''

''وعلیکم السلام ورحمۃ اللہ و برکاتہ۔'' انھوں نے نہایت گرم جوشی سے ہاتھ بڑھا کر مصافحہ کیا اور بیٹھنے کو کہا۔ میز پر رکھی گھنٹی بجائی۔

عبدل بھائی حاضر ہو گئے۔

''جی، صاحب جی!''

ڈرائنگ روم کھول کر مہمان کو وہاں بٹھاؤ۔'' انھوں نے انگلی سے امین الدین کی طرف اشارہ کرتے ہوئے کہا اور اس سے بولے'' آپ وہاں تشریف رکھیے میں چند منٹ میں آرہا ہوں۔''

عبدل بھائی نے ایک سلیقے سے آراستہ ڈرائنگ روم میں امین الدین کو بٹھایا اور خود چلے گئے۔ دو منٹ بعد ہی اندرونی دروازے سے ایک نوعمر لڑکا ٹرے میں دو گلاس پانی لایا اور میز پر رکھ کر چلا گیا۔

''ہاں امین صاحب کیسے کیسے مزاج ہیں؟'' ذکی اللہ خاں نے اندر داخل ہوتے ہوئے کہا۔

''اللہ کا فضل و کرم ہے۔'' اُس نے احتراماً کھڑے ہوتے ہوئے کہا۔

''ارے بھئی تشریف رکھیے۔ کھڑے ہونے کی ضرورت نہیں ہے۔'' اور پھر وہ خود بھی اسکے ساتھ صوفے پر بیٹھ گئے۔

''آپ کی سروس ٹھیک ٹھاک چل رہی ہے؟''

''جی......ٹھیک ہے۔''

''یہ آپ کی نیک نیتی ہے کہ یونیورسٹی چھوڑتے ہی جاب مل گئی۔ ورنہ کتنے نوجوان کئی کئی برس مختلف دفتروں کے دھکے کھاتے رہتے ہیں...... سیلری کم ہے مگر بھئی گندم نہ شد بھس غنیمت است۔''

ذکی اللہ خاں کے ہر جملے سے اُس کی حیرانی بڑھ رہی تھی۔''میں......جس نے اب تک یہ سمجھا تھا کہ وہ میرے بارے میں کوئی علم نہیں رکھتے عمداً اپنی پہچان چھپا رکھی تھی...... پھر کیسے انھیں میرے بارے میں اتنی معلومات ہے؟اس کی حیرانی بیجا بھی نہیں تھی۔

''آپ کے والد بہت شریف آدمی تھے۔ ہماری گاہے بہ گاہے کسی تقریب میں ملاقات ہو جاتی تھی بڑے تپاک سے ملتے تھے۔ ہم اُن دنوں حیدرآباد میں تھے۔ واپس آ کر مقامی اخبار سے معلوم ہوا کہ شریف الدین خاں صاحب اللہ کو پیارے ہو گئے...... اللہ تعالیٰ اُن کی مغفرت فرمائے۔ مجھے خوشی ہے کہ آپ جیسا صالح نوجوان اُن کا بیٹا ہے۔'' وہ خاموشی سے خان صاحب کے احساسات سن رہا تھا۔

''محترم! میں اپنی نامناسب حرکت کے لیے آپ سے معافی چاہتا ہوں۔''

''ارے بھائی! شکرگزار ہوں میں تمہارا، کہ تم نے میری رقم کی حفاظت کی......ورنہ کوئی خود کو خطرے میں ڈال کر کسی کے لیے اتنا کرتا ہے تمہاری جگہ کوئی دوسرا ہوتا تو کیا پاکٹ مار سے چھینی ہوئی رقم مجھے واپس دے دیتا...... اور وہ بھی غیر معمولی فائدے کے ساتھ۔ مجھے تو کوئی نقصان نہیں ہوا۔ میں تمہارا شکریہ ادا کروں نہ کہ تم مجھ سے معافی مانگو...... ہاں اتنا ضرور احساس ہوا کہ رقم لے کر تم میرے پاس آجاتے میں یقیناً تمہاری ضرورتوں کا لحاظ رکھتے ہوئے رقم تمہارے سپرد کر دیتا۔''

''سر! آپ بالکل ٹھیک فرما رہے ہیں۔ میں نے بھی یہی سوچا تھا مگر ایک ڈر تھا کہ کہیں آپ کا رویہ اس سے مختلف نہ ہو۔ کہیں میں ہی مجرم گردانا جاؤں اور پھر یہ کہ آپ میری بات پر یقین کریں یا نہ کریں، مجھے وہ رقم کچھ وقت کے لیے دیں یا نہ دیں...... انہیں خدشات کی وجہ سے میں نے آپ تک پہنچنے اور نام و پتہ ظاہر کرنے سے گریز کیا۔'' اس نے وضاحت کی۔

''میں اس صورت حال کو محسوس کر سکتا ہوں۔ مجھے تم سے کوئی شکایت نہیں ہے۔ تم نے جو کچھ کیا جس ایمانداری کا ثبوت دیا ہے کاش دوسرے نوجوان اس سے سبق حاصل کریں۔ تمہارا یہ عمل دوسروں کے لیے یقیناً نمونہ ہے۔ تمہاری تربیت بہت اچھی ہوئی ہے۔'' ذکی اللہ خاں نے اس کی حوصلہ افزائی کی۔

امین الدین کا چہرہ کھل اٹھا۔ اعتماد بحال ہوا۔ وہ اُسے کوئی انسان نہیں فرشتہ لگ رہے تھے...... یوں بھی ذکی اللہ خاں گورے چٹے رنگ، لمبے قد اور گھنی سفید داڑھی میں فرشتہ معلوم ہوتے تھے۔ چہرے پر ہر وقت مسکراہٹ رہتی تھی۔ دورانِ گفتگو وہ امین الدین کے چہرے کو بھی پڑھ رہے تھے۔

اندرونی دروازہ پھر کھلا اور وہی نو عمر لڑکا جو کچھ دیر قبل پانی رکھ کر گیا تھا، چائے کی ٹرے لیے داخل ہوا۔ ذکی اللہ خاں نے چائے پیالیوں میں نکالی اور پیسٹری، بسکٹ کی پلیٹوں کی جانب اشارہ کرتے ہوئے کہا...... ''لیجیے۔''

دونوں چائے سے فارغ ہوئے......

خان صاحب نے مسکراتے ہوئے امین الدین سے کہا۔'' آپ نے ابھی تک وہ سوال نہیں کیا جو سب سے زیادہ دماغ میں کلبلانا چاہیے۔''

اُس نے خاں صاحب کی آنکھوں میں آنکھیں ڈال کر خاموش سوال کیا؟ پھر لپک کر بولا۔'' سمجھ گیا سر! یہ تو میں ضرور جاننا چاہتا ہوں کہ میرے بارے میں اتنی معلومات کیسے فراہم

ہوئیں؟ اپنی دانست میں تو میں مطمئن تھا کہ اپنے آپ کو چھپانے میں میں کامیاب رہا؟''

''جی نہیں ...... بالکل نہیں۔ آپ نے اپنا نام پتہ صیغۂ راز میں رکھا۔ موبائل نمبر کو بچایا لیکن آپ جس بائک پر آئے تھے اس کی نمبر پلیٹ پر بھی کاغذ چپکا لیتے تو مجھے دشواری ہوتی۔ جس بائک کا رجسٹریشن آپ کے نام ہو اور پھر آپ اسے لے کر گھومیں تو آپ تک پہنچنا مشکل کہاں رہے گا...... مان گئے نا!''

''جی...... آپ ٹھیک فرما رہے ہیں۔''

پھر تو ہمیں سب کچھ معلوم ہو گیا آپ کون ہیں، کس کے بیٹے ہیں، کہاں رہتے ہیں، کس تعلیمی ادارے میں پڑھ رہے ہیں؟ کب تعلیم مکمل ہوئی اور کب سے کہاں جاب کر رہے ہیں۔'' امین الدین حیران تھے۔ وہ پھر گویا ہوئے۔''ہاں ہم تو انہی دنوں آپ سے ملاقات کر سکتے تھے لیکن ہم نے آپ کو ڈسٹرب کرنا پسند نہیں کیا۔ ہم آپ کے ذہن پر کوئی بوجھ ڈالنا نہیں چاہتے تھے۔ ظاہر ہے بات کھل جاتی تو آپ کے ذہن پر نفسیاتی اثر پڑتا۔ رقم کی ادائیگی کے لیے آپ کا اضطراب بڑھ جاتا اور آپ ٹھیک سے امتحان بھی نہیں دے پاتے، کیوں کہ آپ حساس اور ذمہ دار آدمی ہیں۔ کسی بے ایمان اور بے حس پر کچھ اثر نہیں ہوتا۔'' ذکی اللہ خاں نے وضاحت کی۔

''اچھا اب مجھے اجازت دیجیے...... ایک بار پھر آپ کا شکریہ...... مجھے اپنی دعاؤں میں یاد رکھیں اور میرے لائق کوئی خدمت ہو تو یاد ضرور فرمالیں۔''

''کبھی کیوں ہم تو آج ہی انگیجمنٹ کی رسم ادا کرنے کے بارے میں سوچ رہے ہیں۔''

''جی...... ی...... ی۔''

''گھبرائیے نہیں۔''...... وہ قہقہہ لگا کر بولے...... انگیجمنٹ سے ہماری مراد وہ نہیں ہے جو آپ سمجھے...... یا کوئی بھی جوان سمجھتا ہے۔ خیر...... آئیے آفس میں چلیں۔''

امین الدین ذکی اللہ خاں کے ساتھ پھر ان کے آفس میں آگئے۔ ''بیٹھیے'' اور امین الدین ایک بار پھر اُن کے سامنے بیٹھ گئے۔

''لیجیے یہ آپ کا ڈرافٹ ہے۔ ہماری رقم صرف تیئیس ہزار روپے تھی، اس میں سود شامل ہے۔ ہمارے مذہب میں سود حرام ہے۔ اس گستاخی کے لیے تو آپ کو معافی مانگنی پڑے گی۔'' انھوں نے مسکراتے ہوئے کہا۔

''ٹھیک ہے معاف فرما دیجیے...... میں نے سوچا کہ آپ کاروباری ہیں۔ آپ کی قم کاروبار میں لگتی تو یقیناً منافع ہوتا۔ آپ کو نقصان نہ ہو، اس لیے میں نے -/30000 کا ڈرافٹ بنوایا۔''

''نہیں! آپ غلط کہہ رہے ہیں۔ یہ قم کاروبار میں نہیں لگی۔ یہ تو بطور قرض یا بطور امانت آپ کے پاس تھی جیسا کہ آپ نے خود اعتراف کیا ہے۔ آپ نے اس سے کاروبار نہیں کیا ہے ظاہر ہے آپ کا دیا ہوا منافع بینک کے سود کی طرح ہے۔ کاروبار میں لگے ہوئے پیسے کی طرح نہیں ...... پھر آپ نے یہ کیسے سوچ لیا کہ ہم آپ سے اصل رقم واپس لے ہی لیں گے۔ ہم نے تو یہ رقم جب ہی امانتوں کی مد میں ڈال دی تھی لہٰذا اس کے واپس لینے کا کیا سوال پیدا ہوتا ہے۔'' وہ پھر حیرت سے انھیں دیکھنے لگا۔

''میاں یوں حیرت سے نہ دیکھو...... ہمیں منع بھی ہے۔ یہاں سے ہم نوٹ ساتھ نہیں لے جائیں گے۔ جائیے ڈرافٹ کینسل کرادیں اور اگر ہمارے کھاتے میں ہی جمع ہونا ناگزیر ہو تو پھر ہمیں دے دیجیے گا اور نقد رقم لے جائیے گا۔'' انھوں نے ڈرافٹ کو ہاتھوں میں لے کر اس کی جانب بڑھایا۔ وہ ممنونیت سے انھیں دیکھتا رہا کچھ کہہ نہیں سکا اور اپنا ہاتھ بڑھا کر ڈرافٹ لے لیا۔

''اچھا اب اجازت......!''

"نہیں بھئی۔"

ایک لفافہ آگے بڑھاتے ہوئے انہوں نے کہا۔" کمپنی میں آپ کا ایگریمنٹ چھ ماہ کا ہے۔ جب چھ ماہ پورے ہو جائیں تو اپنے شہر میں لوٹ آیئے گا۔ بیوہ ماں کی خدمت کرنا بھی ضروری ہے۔ بس آپ ہی تو ہیں ان کے ساتھ گھر میں ...... اس لفافے میں آپ کا اپائنمنٹ لیٹر ہے۔ وہاں آپ -/15000 ماہوار پا رہے تھے۔ یہاں آپ کو -/25000 ملیں گے۔"

اُس نے ایک جھر جھری سی لی۔ کہیں میں خواب تو نہیں دیکھ رہا ہوں؟ میرے سامنے کوئی بزرگ انسان ہیں یا فرشتہ! اسے موجودہ صورتِ حال پر یقین نہیں آرہا تھا کہ انھوں نے اُسے حیرتوں کے بھنور سے نکالا۔

"امین میاں! یہ آپ کی نیک نیتی اور ایمانداری کا پھل ہے...... میرا نہ کوئی احسان ہے اور نہ کرم فرمائی...... اب آپ جایئے اور اللہ تعالیٰ کا شکر ادا کیجیے..... میری دعائیں آپ کے ساتھ ہیں۔"

اور جب امین الدین وہاں سے رخصت ہوا تو اُس کے پاؤں زمین پر نہیں پڑ رہے تھے۔ مسرت اور حیرت کے ملے جلے جذبات اس پر اس حد تک غالب تھے جن کا اظہار الفاظ میں ممکن نہیں ہے۔

☆☆☆☆

تکمیل آرزو

''ابو میں ڈاکٹر بننا چاہتا ہوں۔ میں پڑھائی کیسے چھوڑ دوں؟ دیکھیے میں نے کتنی محنت کر کے ہائی اسکول فرسٹ ڈویژن سے پاس کیا ہے۔ میں نے بغیر ٹیوشن کے یہ کامیابی حاصل کی ہے۔ میں ہر قیمت پر ڈاکٹر بننا چاہتا ہوں۔''

شاہد نے اپنے والد کو اپنے فیصلے سے آگاہ کرتے ہوئے کہا جو کئی دن سے تعلیم ترک کر کے کوئی کام سیکھنے کا مشورہ دے رہے تھے۔

''مگر بیٹے تم ڈاکٹر کیسے بن سکتے ہو؟ میں نے سنا ہے ڈاکٹری پڑھنے میں لاکھوں روپے خرچ ہوتے ہیں..... اور ہم تو سینکڑوں بھی خرچ نہیں کر سکتے...... اب اتنی اونچی پڑھائی تو مال داروں کے بچے ہی پڑھ سکتے ہیں۔ ہم غریبوں کی ایسی قسمت کہاں کہ اپنے بچوں کو ڈاکٹر بنا سکیں؟'' زاہد صاحب نے مایوسی کا اظہار کیا۔

''آپ ہر معاملے میں تو یہ کہتے ہیں کہ ہمیں اللہ پر بھروسہ کرنا چاہیے۔ وہی مسبب الاسباب ہے۔ پھر اس معاملے میں اتنے مایوس کیوں ہیں ابو!''

زاہد صاحب لاجواب ہو گئے۔ کیا کہیں کیسے سمجھائیں کہ اتنی بڑی رقم آسمان سے نہیں برسے گی۔ کوئی کاروبار نہیں ہے کوئی جائداد نہیں ہے کسی خواہش کی تکمیل کے لیے کوئی تو مادی سہارا ہونا چاہیے۔ ظاہر ہے وہ بیٹے کی بات کو رد نہیں کر سکتے تھے۔ وہ تو خود ہر بات اللہ کے بھروسے کرتے تھے اور اسی سے مدد کے خواہاں رہتے تھے...... کہنے لگے'' بیٹے شاہد! تم ٹھیک کہہ رہے ہو۔ یہی ہمارا ایمان ہے لیکن خواہشات کے حصول کے لیے اللہ تعالیٰ وسائل اور ذرائع پیدا فرماتا ہے۔ ذرائع کم ہوں اور خواہشات بڑی تو پھر ہم اللہ تعالیٰ پر بھروسہ کر کے محنت کرتے ہیں اور پھر وہ بامراد بھی کر دیتا ہے، ورنہ تو ایسا ہی

ہے جیسے کسی لق و دق ریگستان میں پانی کے حصول کی خواہش کرنا۔“

”ارے ابو آپ کو کیا ہو گیا ہے...... اللہ جب دیتا ہے تو چھپر پھاڑ کر دیتا ہے۔ یہ کہاوت بھی میں نے بڑوں سے ہی سنی ہے...... اور ابو ذرائع کے محتاج ہم ہیں اللہ تعالیٰ نہیں۔ سب کچھ اس کی قدرت میں ہے...... اس نے ہی تو اپنے بے وسیلہ بندوں کے لیے زم زم جاری کیا تھا۔“

”بس بیٹے بس! میں سمجھ گیا کہ تم کیا کہنا چاہتے ہو۔ مجھے خوشی ہے کہ تم میرے بیٹے ہو...... لائق اور سمجھ دار۔ کاش مجھے اللہ نے اس قابل بنایا ہوتا...... ٹھیک ہے تم اپنی پڑھائی جاری رکھو۔ اللہ کوئی سبیل پیدا فرمائے گا۔ میری دعائیں تمہارے ساتھ ہیں۔

شاہد نے گیارہویں کلاس میں داخلہ لے لیا۔ ظاہر ہے وہ فرسٹ ڈویژن تھا اس لیے کوئی پریشانی نہیں ہوئی...... وہ بہت محنت سے پڑھ رہا تھا۔ کلاس میں پوری توجہ سے لیکچر سنتا۔ اگر کسی سبجیکٹ میں کچھ سمجھ میں نہیں آتا تو وقفہ میں وہ اسٹاف روم میں پہنچ جاتا اور متعلقہ ٹیچر سے سمجھ لیتا اس لیے اسے ٹیوشن یا کوچنگ لینے کی ضرورت نہیں تھی...... وہ لیتا بھی کیسے اس کے والد معمولی سبزی فروش تھے۔

شاہد کے والد شہر سے قریب کے ایک گاؤں کے رہنے والے تھے۔ اس کے دادا ایک معمولی کاشت کار تھے۔ ان کے انتقال کے بعد صرف ڈھائی بیگہ زمین اس کے والد کے حصے میں آئی۔ اتنی زمین میں کاشت کاری کے ذریعہ گزر بسر ممکن نہیں تھی، اس لیے زاہد صاحب نے وہ زمین پچاس ہزار روپے میں اپنے بھائی کے ہاتھ فروخت کر دی اور خود شہر آ گئے۔ یہاں انھوں نے منڈی سے ترکاری لا کر فٹ پاتھ پر بیٹھ کر بیچنا شروع کر دی۔ گزر بسر ٹھیک ٹھاک ہونے لگی۔ اپنے بچوں کو انھوں نے اسکولوں میں داخل کر دیا۔ وہ خود بھی ہائی اسکول پاس تھے اس لیے تعلیم کی دل میں قدر تھی اور اس

کے فائدوں کو محسوس کرتے تھے۔ شاہد سے چھوٹے دو بھائی اور ایک بہن بھی پڑھ رہے تھے۔ یہی وجہ تھی کہ وہ جو کچھ کماتے اس میں گزر بسر بمشکل ہوتی تھی اور وہ چاہتے تھے کہ شاہد بھی کچھ کمائی کرے تاکہ مفلسی سے کچھ نجات ملے۔ مگر اس کے شوق اور اعلیٰ تعلیم کی خواہش نے موجودہ صورتِ حال کو قبول کرنے پر مجبور کر دیا...... وہ ہر نماز میں اس کے لیے اللہ تعالیٰ سے دعائیں مانگتے......

رہائش کے لیے زاہد صاحب نے شہری حدود سے ملحق نئی بستی میں ایک گھر کرایہ پر لے رکھا تھا جس پر ٹین شیڈ پڑا ہوا تھا۔ انھوں نے بچوں کی اسٹڈی کی وجہ سے اپنے ہمسایہ سے بجلی کا ایک بلب جلانے کے لیے تار لگا لیا تھا۔

☆..................☆..................☆..................☆

ان دنوں ملک کے حالات بہت خراب تھے۔ فرقہ پرستوں نے ملک کے اتحاد اور سالمیت کی پروا نہ کرتے ہوئے اسے ایک خاص مذہب کا مالک قرار دینے کا تہیہ کر لیا تھا جس کے لیے وہ جگہ جگہ جلسے کر رہے تھے۔ خفیہ میٹنگیں کر رہے تھے اور حکومت و اقلیتوں کو دھمکا رہے تھے۔ جو لوگ اس ذہن اور فکر سے اتفاق نہیں رکھتے تھے وہ اخبارات میں بیانات دے کر اور احتجاجی جلوس نکال کر ان سے اختلاف کا اظہار کر رہے تھے۔ یہی وجہ تھی کہ صورت حال دھماکہ خیز ہو گئی تھی...... کب کس شہر میں کیا ہو جائے کوئی نہیں جانتا تھا۔ ایسے ناگفتہ بہ حالات میں ملک اندرونی خطرے سے دو چار تھا ہی کہ نہ جانے کب کون سا گروپ کیا شر انگیزی کرے بیرونی عناصر بھی اس موقع سے فائدہ اٹھا کر دہشت گردانہ کارروائیاں کرنے کی تاک میں تھے۔ محکمہ خفیہ اور شہر شہر ضلع انتظامیہ چوکنا تھی اور کسی بھی اچانک خطرے کا مقابلہ کرنے کے لیے تیار۔

شاہد کالج کی چھٹی کے بعد نہرو چوک کے بس اسٹاپ پر آ کر ہی کھڑا ہوا تھا کہ اس کی

نظر ایک موٹر سائیکل سوار پر پڑی جو بس اسٹاپ سے تھوڑی دور اُتر گیا اور بس کے انتظار میں کھڑا ہو گیا اسکول اور کالج کی چھٹی ہونے کی وجہ سے بس اسٹاپ پر رش بہت بڑھ جاتا تھا۔ آج بھی ایسا ہی ہوا...... چند منٹ وہ شخص شاہد کے برابر کھڑا رہا۔ پھر اُس نے اپنے ہاتھ میں لٹکا تھیلا ایک بینچ کے نیچے سرکا دیا اور آہستہ آہستہ ٹہل کر اپنی بائک پر منتظر ساتھی کے پاس پہنچ گیا۔ شاہد بہت سمجھ دار تھا اور موجودہ حالات سے باخبر بھی ......اُسے تشویش ہوئی۔ جھانک کر دیکھا تو تھیلا بینچ کے نیچے تھا۔ وہ کچھ جھک کر دیکھنے لگا۔ پھر وہ تیزی سے پلٹا اور کوتوالی چوک کی جانب بڑھنے لگا...... چوراہے پر لال بتی کی وجہ سے گاڑیاں رُکی ہوئی تھیں۔ اُس نے دیکھا ایس پی سٹی کی گاڑی بھی رکی ہوئی ہے۔ وہ فوراً اُن کے پاس پہنچا اور کچھ کہا۔

چند منٹ بھی نہ گزرے کہ پولس نے بس اسٹاپ کا محاصرہ کر لیا اور بم کو بے اثر کرنے والے دستے نے اپنا کام سنبھال لیا۔ چاروں طرف افراتفری مچ گئی۔ شاہد ایس پی سٹی کے ساتھ تھا۔

کچھ ہی دیر میں بم کو بے اثر کر دیا گیا۔ بعد میں پتہ چلا کہ بم نہایت طاقتور تھا اگر پھٹ جاتا تو متعدد افراد کی ہلاکت کا سبب بنتا...... بالخصوص بہت سے طلبا و طالبات کی جانیں جاتیں۔

حکومت کی جانب سے پولس کو انعامات سے نوازا گیا ساتھ ہی شاہد کو خصوصی انعامات اور سارٹیفکٹ انعام دیئے گئے۔ اس کا نام راشٹرپتی ایوارڈ کے لیے بھی ریفر کیا گیا...... اخبارات میں شاہد کی ہوشمندی اور حب الوطنی کے خوب خوب چرچے ہوئے۔ اُس سے انٹرویو لیے گئے اور اس پر مضامین شائع کیے گئے...... اچانک ایک گم نام لڑکا ملک گیر شہرت کا حامل ہو گیا اور اس کا شمار قابل تقلید نوجوانوں میں ہونے لگا...... زاہد

صاحب اپنے بیٹے کی تعریفیں سن سن کر اور پڑھ پڑھ کر خوش ہوتے۔ اللہ تعالیٰ کا شکر ادا کرتے اور شاہد کی دیرینہ خواہش پوری ہونے کی دعا کرتے......اور ہوا بھی ایسا ہی۔

انٹرمیجیٹ کرنے کے بعد وہ ایم بی بی ایس کرنا چاہتا تھا اور اسی دھن میں وہ پوری محنت سے تیاری کر رہا تھا..... اسے محنت کا پھل ملا۔ اُس نے ٹیسٹ کوالی فائی کرلیا...... اور پھر جلد ہی اس کا داخلہ ہوگیا..... وقت پر لگا کر اُڑتا رہا اور ایک دن وہ ''ڈاکٹر محمد شاہد ایم بی بی ایس' ہو کر یونیورسٹی سے نکلا۔

☆..................☆..................☆..................☆

آج ڈاکٹر محمد شاہد کے کلینک کا افتتاح تھا۔ شہر کے سبھی معروف ڈاکٹر اور دیگر معززین شہر موجود تھے۔ ڈاکٹر محمد شاہد نے اپنے احساسات کا اظہار کرتے ہوئے کہا......

معزز حضرات اور سینئر ڈاکٹر صاحبان!

سب سے پہلے میں اپنے رب کا شکر ادا کرتا ہوں جس نے مجھے اس قابل بنایا ہے کہ میں انسانیت کی خدمت کرسکوں۔ میں اس سماج کا ایک ادنیٰ انسان تھا جس نے ناداری اور افلاس میں اپنا بچپن گزارا۔ میرے والد ایک غریب لیکن محنتی اور ایماندار شخص ہیں جنھوں نے نہایت صبر اور استقامت کے ساتھ اپنی زندگی بسر کی ہے۔ اللہ کی ذات پر کامل یقین رکھا اور اس کی تلقین مجھے بھی کی۔ میری خواہش ڈاکٹر بننے کی تھی لیکن وسائل بالکل نہیں تھے صرف بھروسہ اور یقین تھا اللہ کی ذات سے کہ وہ کوئی سبیل کرے گا...... اور ایسا ہی ہوا۔

عزیزو! آج سے پانچ چھ سال قبل کا واقعہ آپ نہیں بھولے ہوں گے۔ یہ محض ایک اتفاق تھا کہ میں نے ایک دہشت گرد کو بم رکھتے ہوئے دیکھ لیا تھا۔ اس کی اطلاع ایس

پی سٹی کو دی تھی اور وہ بم بلاسٹ ہونے سے پہلے ہی ضائع کر دیا گیا تھا۔اس طرح بہت سی انسانی جانیں ضائع ہونے سے بچ گئی تھیں۔ پھر پولس نے جلد ہی دہشت گردوں کو گرفتار کرلیا تھا۔اس واقعہ کو آپ سب نے اخبارات میں پڑھا ہوگا۔

حاضرین کرام! یہ دہشت گرد کیسے اتنی جلدی پکڑ لیے گئے؟ یہ بات آپ کے علم میں نہیں ہوگی...... آج میں آپ کو بتاؤں کہ جس دہشت گرد نے بینچ کے نیچے بیگ رکھا تھا اس کا موبائل جھکنے کی وجہ سے وہیں گر پڑا تھا جسے میں نے خاموشی سے اٹھالیا تھا اور ایس پی صاحب کے سپرد کر دیا تھا۔ وہی موبائل انھیں گرفتار کرانے کا سبب بنا...... میری اس کارکردگی پر جو سارٹیفکٹ خصوصی طور پر دیا گیا تھا اُس میں میری تعلیم کے تمام مصارف حکومت نے اپنے ذمے لے لیے تھے۔اس طرح میری یہ آرزو پایۂ تکمیل کو پہنچ سکی کہ میں ڈاکٹر بن گیا۔

محترم حضرات! اللہ تعالیٰ بیشک مسبب الاسباب ہے۔اگر خلوصِ دل سے اُس سے جو کچھ مانگیں تو وہ عطا کرتا ہے...... میرا فیصلہ ہے کہ میں آپ سب کی خدمت بےلوث ہو کر کروں گا۔میں اس طرح علاج کروں گا کہ کسی مریض پر اس کی وسعت سے زیادہ بوجھ نہ پڑے اور کوئی بیمار ناداری کی وجہ سے علاج سے محروم نہ رہے...... دعا کیجیے کہ میں اپنے اس فیصلے پر ثابت قدم رہوں...... آپ سبھی حضرات کا تشریف آوری کے لیے شکریہ...... اللہ حافظ۔

☆☆☆☆

فیل ہونے کا مزہ

رضیہ بس سے اُتر کر جب گھر میں داخل ہوئی تو ہچکیوں سے رو رہی تھی۔ ہاتھ میں رزلٹ کارڈ تھا۔

''کیا ہوا بیٹی...... رو کیوں رہی ہو؟'' امی نے پوچھا۔

''مس نے مجھے فیل کر دیا سعدیہ اور اشوک کو بھی فیل کر دیا...... اور سب کو پاس کر دیا۔'' رضیہ نے بدستور روتے ہوئے کہا۔

''تمہیں مس نے فیل نہیں کیا بلکہ تم اپنی حرکتوں کی وجہ سے فیل ہوئی ہو۔ مس تمہاری دشمن نہیں ہیں تم نے پرچے ٹھیک طرح سے حل نہیں کیے اس لیے پاس ہونے کے قابل نمبر نہیں لا سکیں۔ پاس تو وہ ہوتے ہیں جو محنت سے پڑھتے لکھتے ہیں۔ ہوم ورک پابندی سے کرتے ہیں اور امتحان قریب آتے ہی تو خوب یاد کرتے ہیں...... گھر پر بھی دیر تک تیاری کرتے ہیں اور تم......''

''میں بھی تو پڑھتی تھی۔'' وہ بولی۔

''نہیں! مجھ سے جھوٹ مت بولو۔ تم نے ایسے پڑھا ہی نہیں جیسے پڑھنا چاہیے تھا ...... ندیم تمہارا چھوٹا بھائی ہے۔ تم سے ایک درجہ پیچھے ہے۔ اس سے جب کہا بیٹا کارٹون نیٹ ورک دیکھنا بند کرو۔ اب ہوم ورک کرو اور اپنے امتحان کی تیاری بھی کرو۔ وہ مان گیا اور پڑھنے بیٹھ گیا...... مگر تم امی ابھی جاتی ہوں، امی ابھی ٹی وی بند کر دوں گی۔ پڑھ لوں گی نا! یہی کہتی رہیں...... ہوگئی نا فیل۔ جیسا کروگی ویسا بھروگی۔'' رضیہ کی امی نے اُسے اور زیادہ سسکیوں سے رونے پر مجبور کر دیا۔

"اب پاپا ڈانٹیں گے۔" رضیہ نے کہا۔

"ڈانٹیں گے نہیں تو کیا پیار کریں گے۔ شاباشی دیں گے۔ تمہیں گفٹ دیں گے ...... کام بھی تو بہت اچھا کیا ہے نا!" پھر انھوں نے کن انکھوں سے رضیہ کی جانب دیکھتے ہوئے کہا "اب رونے دھونے کا ڈرامہ بند کرو۔ ان باتوں سے کوئی فائدہ ہونے والا نہیں ہے۔ سانپ گزر جائے تو پھر لکیر کو پیٹنے سے کچھ حاصل نہیں ہوتا۔ سمجھ دار بچے وہ ہوتے ہیں جو اپنے بڑوں کا کہنا مانتے ہیں۔ اچھے بچے وہی ہوتے ہیں جنھیں پڑھنے کا شوق ہوتا ہے جو کھیل کے وقت کھیلتے ہیں اور پڑھنے کے وقت پڑھتے بھی ہیں ...... اب رو رہی ہیں۔ آنسو بہا رہی ہیں۔ پچھتا رہی ہیں ...... جب چڑیاں کھیت چگ جائیں تو پھر پچھتاوے سے کیا ہوتا ہے۔"

آج رضیہ کی امی کی زبان نہیں رک رہی تھی۔ وہ مسلسل بولے جا رہی تھیں۔ نہ ہمدردی کا کوئی لفظ، نہ پیار کی کوئی بات، نہ تسلی کے دو بول، بلکہ جلے پر اور نمک چھڑک رہی تھیں ...... رضیہ کے دل میں اپنی امی کی جلی کٹی باتیں تیر کی طرح چبھ رہی تھیں۔ یہی وجہ تھی کہ اس کے آنسو تھمنے کا نام نہیں لے رہے تھے۔

امی اتنی ظالم تو کبھی نہیں تھیں۔ ایسی باتیں تو وہ کبھی نہیں کرتی تھیں۔ اب تو میرے قریب نہیں آ رہی ہیں، میری ڈریس تک نہیں بدلوا رہی ہیں۔ کیا میں ان کی بیٹی نہیں رہی۔ کیا وہ میری امی نہیں رہیں ...... اب وہ نہ میرے پاس آ رہی ہیں اور نہ آنسو پونچھ رہی ہیں۔ پہلے جب میں روتی تھی اور کسی چیز کے لیے ضد کرتی تھی تو وہ مجھے پیار بھی کرتیں اور اپنے دوپٹے کے پلو سے میرے آنسو بھی پونچھتی تھیں ...... رضیہ یہ ساری باتیں سوچ سوچ کر رو رہی تھی کہ اتنے میں ندیم کی آواز سنائی دی۔

"امی! ہم پاس ہو گئے۔ امی ہم پاس ہو گئے ......" کہتے ہوئے ندیم مارکس شیٹ ہاتھ

میں لیے خوش خوش گھر میں داخل ہوئے۔

اُس کی امی کچن میں تھیں۔ جلدی سے باہر آئیں اور ’’ارے واہ ہمارا بیٹا پاس ہوگیا۔‘‘ کہتے ہوئے اُسے گود میں اٹھالیا اور سینے سے چمٹا کر اُس کے گالوں اور پیشانی پر خوب پیار کیے۔

’’امی! ہم فرسٹ آئے ہیں۔ مس نے ہمیں پین انعام میں دیا ہے، دوسرے ٹافیوں کا بکس۔‘‘ ندیم نے ہاتھ آگے کر کے ٹافیوں سے بھرا بکس امی کے ہاتھ میں دے دیا اور رزلٹ کارڈ بھی۔ سینے سے لگانے کی وجہ سے اس کے دونوں ہاتھ امی کی پشت پر تھے اور خوشی میں وہ یہ نہیں دیکھ سکی تھیں کہ بیٹے کے ہاتھوں میں کیا ہے؟

رضیہ رونا دھونا بھول گئی تھی۔ وہ حیرت سے امی اور ندیم کو ایک دوسرے سے ملتے اور خوشی مناتے دیکھ کر حیرت زدہ تھی۔

ندیم کی امی نے رزلٹ کارڈ دیکھا...... ’’ارے واہ! ہمارا بیٹا فسرسٹ آیا ہے۔ بہت اچھے نمبر لایا ہے...... شاباش۔‘‘ پھر انھوں نے ندیم کے کپڑے تبدیل کرائے اور بولیں ......’’آپ کو قوامی سوئیاں بہت پسند ہیں نا!‘‘

’’جی امی۔‘‘ ندیم بولا۔

’’میں نے اپنے بیٹے کے لیے وہی بنائی ہیں ...... مجھے معلوم تھا کہ ہمارا بیٹا بہت اچھے نمبر لائے گا۔ اس لیے میں نے سوئیاں بنائیں کہ جب ہمارا بیٹا گھر آ کر ہمیں خوش کرے تو ہم بھی اسے سوئیاں کھلا کر خوش کریں۔‘‘

رضیہ کہ ہمت نہیں ہو رہی تھی کہ وہ بھائی کے پاس جائے۔ امی جتنی آؤ بھگت ندیم کی کر رہی تھیں اتنا ہی اُسے رونا آ رہا تھا۔ ندیم بھی خوشی میں بہن کو بھلائے ہوئے تھا۔ اس نے دیکھا بھی نہیں کہ رضیہ اسکول سے آگئی ہے۔

''امی ! ابھی بی بی اسکول سے نہیں آئی ہیں؟'' اُس نے سوالیہ انداز میں کہا۔ وہ رضیہ کو پیار سے بی بی ہی کہتا تھا۔

''آگئی ہیں...... تم نے نہیں دیکھا؟''

''نہیں تو...... کہاں ہیں؟''

''دالان کے تخت پر ایک کونے میں بیٹھی رو رہی ہیں۔''

''رو رہی ہیں؟'' ندیم نے حیرت سے کہا...... ''کیوں؟''

''رزلٹ کارڈ کے دن کیوں روتے ہیں؟'' امی نے کہا۔

''کیا بی بی پاس نہیں ہوئیں؟''

''نہیں ...... پاس تو وہ ہوتے ہیں جو پڑھتے ہیں، امتحان کی تیاری میں محنت کرتے ہیں...... جو یہ نہیں کرتے وہ آج کے دن روتے ہیں...... تمہاری بی بی بھی رو رہی ہیں......''

ندیم رضیہ کے پاس گیا۔ وہ ننھی منی اپنے گھٹنوں میں سر دبائے بیٹھی تھی...... ''بی بی روؤ مت! لو اس میں سے ٹافیاں کھالو۔'' ندیم نے بہن کے کندھے پر ہاتھ رکھ کر پیار سے کہا تو اُس کا دل پھر بھر آیا۔

''میں نہیں کھاؤں گی ٹافیاں۔ تم کھاؤ۔ میں فیل ہوگئی ہوں نا!'' رضیہ نے غصے سے کہا اور ٹافیوں والا ہاتھ دور ہٹا دیا۔

''اب کھا بھی لو بی بی۔'' اُس نے خوشامد کی۔

''ندیم بیٹا! سوئیاں کھالو۔ میں نے باؤل اور چمچ میز پر رکھ دیا ہے۔''

''اور امی بی بی کے لیے!''

''بیٹا آپ اپنی بات کرو...... بس۔''

''میں بھی نہیں کھاؤں گا...... پہلے آپ بی بی سے بھی کھانے کو کہیے۔''ندیم نے ضد کی۔

''آپ کی بی بی میرا کہنا کب مانتی ہیں۔اگر وہ میرا کہنا مانتیں تو آج انھیں رونا ہی کیوں پڑتا۔''

رضیہ پہلے تو یہ سب سنتی رہی پھر جا کر امی سے لپٹ گئی......''امی! مجھے معاف کردو۔ اب میں آپ کا کہنا مانوں گی۔آپ جو کہیں گی وہی کروں گی۔میں خوب پڑھوں گی امی! میں بھی اچھے نمبروں سے پاس ہو کر دکھاؤں گی۔''رضیہ نے گڑگڑا کر اپنی امی کو راضی کرنے کی کوشش کی۔

''تم وعدہ کر رہی ہو۔''

''امی کے پوچھنے پر اُس نے اوپر نیچے سر ہلا کر اقرار کیا۔

''وعدہ بھول تو نہیں جاؤ گی؟''

''نہیں۔''......رضیہ نے آنکھیں ملتے ہوئے سر کو دائیں بائیں ہلایا۔

''جاؤ ڈریس بدلو...... اور ہاں پہلے نہاؤ۔پھر دونوں بہن بھائی کھانا کھانا۔''رضیہ کی امی نے کہا۔

وہ باتھ روم میں گئی۔امی نے اس کے کپڑے لے جا کر ہنگر میں ٹانگ دیے اور وہ نہا کر واپس آ گئی۔امی نے کھانا لگایا اور خود بھی ان کے ساتھ بیٹھ گئیں۔

آج کھانا کھانے کو بھی رضیہ کا دل نہیں چاہ رہا تھا۔چند نوالے لے کر وہ اٹھنے لگی تو امی نے کہا......''جو ہوا سو ہوا۔اب کھانا نہ کھانے سے کچھ نہیں ہوگا۔جو کچھ ہوا اُسے بھول جاؤ اور کھانا کھاؤ۔''مگر نوالے اس کے حلق سے نہیں اُتر سکے۔

''ٹھیک ہے...... جب بھوک لگے کھا لینا۔اس وقت جا کر سو جاؤ۔طبیعت ہلکی ہو

جائے گی۔" اور رضیہ بیڈروم میں جا کر سوگئی۔

☆..........☆..........☆..........☆

پانچ بجے آفس سے علیم صاحب آئے تو انھوں نے پوچھا......"ندیم پاس ہو گئے؟"

"ہو گئے......فسٹ ڈویژن لائے ہیں۔ٹافیاں اور پین انعام میں ملے ہیں۔"

"اچھا!" انھوں نے خوش ہوتے ہوئے کہا۔

"اور رضیہ فیل ہوگئیں۔"

"انھیں تو فیل ہونا ہی تھا۔" علیم صاحب نے اطمینان سے کہا۔

"آپ تو ایسے کہہ رہے ہیں جیسے آپ کو رضیہ کے رزلٹ کا پہلے سے علم ہو۔" رضیہ کی امی بولیں۔

"ہاں تھا نا!" وہ بولے۔

"کیسے؟" وہ سوال بن کر انھیں دیکھنے لگیں۔

"وہ ایسے کہ آپ ہی ہر وقت کہتی تھیں کہ رضیہ تم فیل ہو جاؤ گی۔ ہر وقت ٹی وی دیکھ رہی ہو۔ ہوم ورک نہیں کر رہی ہو۔ اسٹڈی نہیں کر رہی ہو۔ تم بالکل پاس نہیں ہو سکتیں......اور رضیہ ایک کان سے سنتی اور دوسرے سے اُڑا دیتی۔ بس میں نے سمجھ لیا کہ رضیہ کا کیا ہونا ہے۔" علیم صاحب نے تفصیل سے بتایا۔

"اچھا آپ نہا کر آئیے۔ چائے لگا رہی ہوں۔ بچوں کو بھی اُٹھا رہی ہوں......اور ہاں رضیہ کو اب آپ کچھ مت کہیے گا۔ گھنٹوں روئی ہے۔ مجھ سے وعدہ کیا ہے کہ اب وہ پڑھ کر دکھائے گی۔"

علیم صاحب نے قہقہہ لگایا اور بولے......"اور آپ نے یقین کر لیا۔"

"اب بچوں کو زیادہ ٹارچر بھی تو نہیں کیا جا سکتا۔ کوئی اور پرابلم ہوگئی تو ہم ہی بھاگے

پھریں گے اس کے لیے۔'' رضیہ کی امی نے اپنے شوہر کو سمجھایا۔

باتھ روم سے نکل کر علیم صاحب ڈرائننگ ٹیبل پر آگئے۔ دونوں بچے پہلے سے موجود تھے۔ ندیم کے پاس رزلٹ کارڈ تھا۔ ''پاپا! ہم پاس ہو گئے۔'' اُس نے کھڑے ہو کر کارڈ پاپا کے ہاتھ میں دے دیا۔

''ارے واہ! بہت اچھے نمبر ملے ہیں ہمارے بیٹے کو۔'' علیم صاحب نے بیٹے کے سر پر ہاتھ پھیرتے اور گالوں کو تھپتھپاتے ہوئے کہا...... ''بتائیے ہم سے کون سا گفٹ لیں گے...... گھڑی، سائیکل یا سوٹ؟''

سب چائے پیتے ہیں ...... میز پر تازہ تلے ہوئے پاپڑ تھے اور سوئیاں بھی ...... مگر رضیہ نے کچھ نہیں کھایا بس چائے پیتی رہی۔ وہ پاپا سے نظریں بھی نہیں ملا رہی تھی...... ''لو بیٹا پاپڑ کھاؤ۔'' پاپا نے کہا تو وہ رو دی۔

''نہیں بیٹے رونے کی ضرورت نہیں ہے۔ فیل ہونے پر روتے تو وہ بچے ہیں جن کو فیل ہونے کا یقین نہ ہو۔ انھوں نے پوری محنت کی ہو۔ پھر بھی کسی مضمون میں نمبر کم آئے ہوں اور وہ فیل ہو جائیں۔ تمہارا معاملہ تو دوسرا ہے۔ تم نے تو پہلے سے طے کر لیا تھا کہ پڑھنا نہیں ہے۔ فیل ہونا ہے اس لیے امی کے کہنے پر بھی تم اپنے شغل میں لگی رہتی تھیں...... چلو جو ہونا تھا ہو گیا...... سب ہی پاس ہونے لگیں تو پھر امتحان کی کیا ضرورت ہے۔ اچھے اور محنتی بچے پاس ہو جاتے ہیں اور بے پرواہ، کاہل اور کھلنڈرے بچے فیل ہو جاتے ہیں۔'' وہ گھٹ گھٹ کر روتی رہی۔

پاپا نے رضیہ سے کہا۔ ''بیٹا ہم تم سے ناراض نہیں ہیں۔ ہم تمہیں ڈانٹیں گے بھی نہیں۔ ہم تم سے پڑھنے کو بھی نہیں کہیں گے...... ہمیں تمہارے لیے نیا کورس بھی نہیں خریدنا پڑے گا...... بھئی ہمارا تو فائدہ ہی ہوا۔''

"کیا کوئی صورت نہیں ہے رضیہ کو پاس کرانے کی؟"

"اب کیا صورت ہوسکتی ہے وہ فیل اسی لیے تو ہوئی ہے کہ درجہ چہارم کی کتابوں کو ایک سال پڑھ کر بھی نہیں سمجھ سکی...... اب اگر پنجم میں کوئی داخل بھی کر لے تو وہ کیا کر سکے گی؟ مجھے تو بڑی شرم آئے گی فیل ہونے والی بیٹی کے لیے سفارش کرتے ہوئے...... نہیں اب کچھ نہیں ہوسکتا۔" علیم صاحب نے کہا اور اٹھ کر مسجد کے لیے رخصت ہو گئے کیوں کہ عصر کی نماز تیار تھی۔

☆..................☆..................☆..................☆

عشاء کی نماز اور کھانے سے فارغ ہو کر جب علیم صاحب سونے کے لیے جانے لگے تو دیکھا کہ آج ٹی وی بند ہے انھوں نے مسکرا کر چٹکی لیتے ہوئے کہا...... "بیگم آج ٹی وی کی ناقدری کیوں ہو رہی ہے؟ بے چارہ بند پڑا ہے۔"

"نہیں کھلے گا...... اسی کی وجہ سے ہماری بیٹی فیل ہوگئی ہے۔ اسی کی وجہ سے ہمارا دل دکھی ہے۔"

رضیہ اپنے پاپا اور امی کی باتیں سن رہی تھی مگر چپ تھی...... وہ کہتی بھی کیا۔ اسکی امی نے پھر علیم صاحب سے کہا...... "دیکھیے آپ اسکول کے پرنسپل صاحب سے بات کر لیجیے ہماری بیٹی اب محنت سے پڑھے گی اپنے وقت کو کھیل کود اور ٹی وی دیکھنے میں برباد نہیں کرے گی اُسنے ہم سے وعدہ کیا ہے۔ وہ اپنے وعدے پر عمل کرے گی۔"

"یہ آپ ہی تو کہہ رہی ہیں۔ رضیہ تھوڑے ہی کہہ رہی ہے۔" وہ بولے۔

"رضیہ بیٹی! ادھر آؤ۔ اپنے پاپا سے وہی کہہ دو جو مجھ سے کہا تھا......"

"جی امی!" پھر اس نے اپنے پاپا سے بھی وعدہ کیا کہ وہ اب دل لگا کر پڑھے گی۔ اب وہ فیل نہیں ہوگی۔"

انھوں نے رضیہ کے سر پر ہاتھ پھیرتے ہوئے کہا......"ٹھیک ہے......ہم کل بات کر کے دیکھیں گے۔"

پھر سب لوگ سونے کے لیے بیڈ روم میں چلے گئے۔

☆..............☆..............☆..............☆

اگلے دن شام کو جب علیم صاحب آفس سے آئے تو وہ کچھ خوش تھے۔ ہونٹوں پر مسکراہٹ بھی تھی......

چائے کی میز پر جب رضیہ کی امی نے پوچھا......آج آپ رضیہ کے اسکول گئے تھے؟" تو انھوں نے کہا......

"ہاں گئے تھے۔ پرنسپل صاحب سے بات بھی ہوئی۔ وہ کسی طرح بھی راضی نہیں ہو رہے تھے رضیہ کو پانچویں درجہ میں لینے پر۔"

"پھر......???"

"پھر وہ ایک شرط پر راضی ہوئے۔" علیم صاحب نے بتایا......انھوں نے کہا" آپکی بیٹی دو سبجیکٹ میں فیل ہے......انگریزی اور حساب میں......آپ ایسا کریں کہ ان دونوں سبجیکٹ کی چھٹیوں میں تیاری کرائیں...... چالیس دن کی چھٹیاں بہت ہیں تیاری کے لیے۔ پھر ہم اُسکا امتحان لے لیں گے۔ اگر پاس ہو جاتی ہے تو اُسے پانچویں درجہ میں لے لیا جائے گا۔"

"اللہ تیرا شکر ہے۔" رضیہ کی امی نے دونوں ہاتھوں کی ہتھیلیوں کو ملا کر کہا۔" وہ تیاری کر لے گی اور انشاء اللہ پاس بھی ہو جائے گی......کیوں رضیہ؟" انھوں نے بیٹی کی طرف دیکھ کر کہا۔

"ہاں امی! میں خوب تیاری کروں گی۔ میں پاس ہو کر دکھاؤں گی۔" اور امی نے

برابر کرسی پر بیٹھے بیٹھے ہی اپنے سینے کے قریب کرلیا۔

☆..............☆..............☆..............☆

رضیہ نے ساری چھٹیاں انگریزی اور حساب کی تیاری میں گزار دیں۔ وہ ٹیوٹر سے پڑھتی۔ امی سے مدد لیتی اور کئی کئی گھنٹے الفاظ، معنی، جملے بنانا، واحد اور جمع وغیرہ یاد کرتی۔ وہ اپنی درجہ چہارم کی کتاب کے سوال بار بار حل کرتی۔ ڈر کے مارے ٹی وی کے قریب نہیں جاتی...... ایک دن اُس کی امی کو ہی ترس آیا اور انھوں نے کہا...... ''بیٹی رضیہ! تم نے ٹی وی دیکھنا بالکل چھوڑ دیا۔ یہ بات تو بہت اچھی ہے مگر تم فیل ہو جانے کا خوف اور میری ناراضی کی وجہ سے دل چاہتے ہوئے بھی نہیں دیکھ رہی ہو...... میری طرف سے اجازت ہے۔ تم کارٹون چینل دیکھو، مگر صرف ایک گھنٹہ روزانہ۔ اس سے زیادہ ہرگز نہیں۔''

وہ خوش ہوگئی۔

اسکول کھل گئے تھے۔ آج تیسرا دن تھا۔ آج اسے پاپا کے ساتھ اسکول جانا تھا اور فیل ہونے والے دو سبجیکٹ میں امتحان دینا تھا۔ وہ دل ہی دل میں اللہ سے دعا مانگ رہی تھی کہ اس کے پرچے اچھے ہو جائیں...... اور ہوا بھی ایسا ہی۔ جو سوال اُسے حل کرنے کے لیے دیے گیے تھے وہ سب اُسے آتے تھے۔ اُس نے وقت سے پہلے ہی دونوں پرچے حل کر کے مس کو دے دیے اور خود کمرے سے باہر نکل کر اپنے پاپا کے پاس آگئی۔

''کیا پرچے حل کر دیے بیٹا!'' پاپا نے پوچھا۔

''جی کر دیے۔ میں پاس ہو جاؤں گی پاپا...... دیکھ لینا میرے نمبر بہت اچھے آئیں گے۔''

آدھے گھنٹے بعد پرنسپل صاحب نے انھیں بلا کر خوشخبری دی کہ آپ کی بیٹی نے بہت اچھے نمبر پائے ہیں ...... پھر انھوں نے دونوں کاپیاں اُن کے سامنے کھ دیں...... انگریزی میں ۱۰۰ر میں سے ۹۰ر اور حساب میں ۱۰۰ر میں سے ۱۰۰ر نمبر حاصل کیے تھے۔ پرنسپل صاحب نے رضیہ کو اپنے پاس بلا کر اس کی پیٹھ تھپتھپا کر شاباشی دی...... وہ خوش ہوگئی اور اس کے پاپا بھی۔

اس کے بعد پرنسپل صاحب نے علیم صاحب سے کہا" آپ کل سے بچی کو اسکول بھیجیے۔ یہ درجہ پنجم میں بیٹھے گی۔ میں ابھی چہارم کی کلاس ٹیچر کو ان کی کاپیاں بھیجتا ہوں۔ وہ نیا رزلٹ کارڈ بھی بنا دیں گی جو کل درجہ پنجم کی کلاس ٹیچر کو پہنچ جائے گا۔ چھٹی میں رزلٹ کارڈ وہ رضیہ کو دیدیں گی۔"

اب یہ بات رضیہ یا اس کی امی کو کہاں معلوم تھی کہ رضیہ کی تعلیم میں کم دلچسپی اور بے پروائی کو محسوس کرتے ہوئے پرنسپل صاحب سے مل کر اسے دانستہ فیل کرنے کے لیے کیا تھا تاکہ وہ یہیں سنبھل جائے...... اور ہوا بھی ایسا ہی۔ علیم صاحب اپنی اس کامیابی پر خوش اور مطمئن تھے۔ پرنسپل صاحب نے ان سے رخصت ہوتے ہوئے کہا......"علیم صاحب! آپ کی کامیاب پلاننگ کے لیے مبارکباد......" رضیہ کچھ بھی نہ سمجھ سکی اور اس کی امی کو بھی انھوں نے کبھی نہیں بتایا۔"

☆☆☆☆

رہنمائی اور عمل

دروازے پر لگے بیل کے بٹن کو کسی کے پش کرتے ہی دالان میں لگی الیکٹرانک چڑیا چوں چوں کرنے لگی۔

میں نے اپنے پوتے تنویر احمد سے کہا" جاؤ بیٹے، دیکھو دروازے پر کوئی صاحب ہیں۔"

وہ حسب عادت دوڑتا ہوا گیا۔ سلام علیک کی اور نوواد کا نام پوچھا......اور پھر دالان کی سمت دوڑ لگا دی......" دادا میاں! سہیل صاحب آپ سے ملنے آئے ہیں۔ ہم نے پوچھا آپ کس سے ملنا چاہتے ہیں......ابو سے یا دادا میاں سے؟ تو بولے جناب کبیر احمد صاحب سے، ہم نے پوچھا کیوں ملنا چاہتے ہیں؟ تو فرمانے لگے بیٹا! وہ ہمارے استاد ہیں۔ بس یونہی ملنے اور دعائیں لینے آئے ہیں۔ کوئی خاص کام نہیں ہے۔"

تنویر احمد میرے چھوٹے بیٹے صغیر احمد کا بڑا بیٹا ہے۔ عمر تو کوئی پانچ چھ سال ہی ہوگی۔ مگر ہے بڑا ذہین اور سلیقہ سے بات کرنے والا۔ ملاقات کے لیے آنے والے کسی نو وارد سے مکمل معلومات کے بعد ہی پیچھا چھوڑتا ہے۔

میں نے ذہن پر زور ڈالا۔ سہیل نام کا کوئی طالب علم مجھے یاد نہیں آیا۔ میں اسی سوچ میں گم ڈرائنگ روم میں گیا اور بیرونی دروازہ کھول کر انھیں اندر آنے کی دعوت دی۔

"السلام علیکم سر!"

"وعلیکم السلام ورحمۃ اللہ و برکاتہ" میں نے مصافحہ کے ہاتھ بڑھایا اور انھیں صوفہ پر بٹھایا۔

"آپ کے مزاج......"

"میں بالکل ٹھیک ہوں۔ خوش و خرم ہوں اور آرام دہ زندگی گزار رہا ہوں......آپ کیسے

ہیں؟''میں نے کہا۔

''سر! میں بھی بصحت و عافیت ہوں۔ اطمینان بخش حالت میں ہوں۔ اللہ تعالیٰ کے فضل و کرم اور آپ کی تعلیم کی بدولت عزت کی زندگی گزار رہا ہوں اور میرٹھ کے ایک کالج میں لکچرر ہوں۔''

میں انھیں ابھی تک نہیں پہچان پایا تھا...... آنکھیں حیرت اور تجسس سے انھیں دیکھ رہی تھیں اور دماغ کا کمپیوٹر اُن کی تصویر سرچ کر رہا تھا کہ وہ بولے...... ''سر! آپ نے مجھے غالباً ابھی بھی نہیں پہچانا ہے۔''

''جی، آپ ٹھیک کہہ رہے ہیں...... دراصل ایک تو عمر اور......''

''نہیں سر! ابھی آپ اتنے عمر دراز نہیں ہیں۔ خود میں بھی تو آپ کا مستقل اسٹوڈینٹ نہیں رہا ہوں ...... اور پھر بات بھی تو چھ سال پہلے کی ہے۔ کسی استاد کے لیے سینکڑوں اور ہزاروں طلباء میں سے کسی کو یاد رکھنا کہاں آسان ہوتا ہے۔''انھوں نے کہا تو میں نے بھی تائید کی۔

''سر! میں آپ کو یاد دلاؤں...... ان دنوں کالج میں مَیں عموماً سب سے الگ تھلگ رہتا تھا۔ خالی پیریڈ میں اسٹاف روم کے سامنے لان میں بیٹھا رہتا۔ ہر وقت سوچ میں گم رہتا۔ نہ تو میرا دوسرے لڑکوں سے دوستانہ تعلق تھا اور نہ ہی میں کالج کی ایکٹی ویٹیز میں حصہ لیتا۔ ایک دن آپ نے مجھے اسٹاف روم کے باہر کھڑے ہو کر اشارے سے بلایا اور میرے اس طرح تنہا اور کھوئے کھوئے سے رہنے کی وجہ جاننا چاہی تو میں نے آپ کو سب کچھ بتا دیا تھا اور......''

''ہاں ہاں یاد آگیا...... ارے تم وہ سہیل احمد ہو......''میں نے مسکراتے ہوئے ایک بار پھر اُس کا ہاتھ اپنے ہاتھ میں لے کر محبت سے دبایا...... ''آج کل کہاں ہو؟''

"میرٹھ میں ہوں۔ لکچرر کی حیثیت سے پوسٹنگ ہوگئی ہے اور یہ سب اللہ کا کرم اور آپ کی حوصلہ افزائی کا پھل ہے۔"

☆..........☆..........☆..........☆

میرا تدریسی سبجیکٹ سائیکالوجی رہا ہے اور سہیل احمد کے پاس یہ مضمون نہیں تھا اس لیے کبھی براہِ راست وہ میرا طالب علم نہیں رہا لیکن جیسا کہ اُس نے یاد دلایا کہ میں نے اُس کی تنہائی پسند طبیعت کو محسوس کر کے اس کے بارے میں جانکاری حاصل کی...... مجھے سب کچھ یاد آگیا۔ سہیل نے مجھ سے کہا تھا...... "سر! میں پہلے ایسا نہیں تھا۔ مگر قدم قدم پر اپنے ساتھیوں کے ایسے کمنٹ برداشت کیے ہیں، ایسے رویے جھیلے ہیں کہ دل بیٹھ گیا ہے۔ اب کسی کے ساتھ رہنے کو دل نہیں چاہتا۔ یہ ٹھیک ہے کہ میں غریب گھر سے ہوں۔ یہ بھی صحیح ہے کہ میں خوبصورت نہیں ہوں...... مگر کیا میرے جیسے لوگ دنیا میں نہیں ہوتے؟ انھیں جینے کا حق نہیں ہوتا۔ میرے اسکول اور بعد میں کالج کے ساتھیوں نے ہمیشہ مجھے مذاق کا ہدف بنایا۔ تم یہ نہیں کر سکتے تم وہ نہیں کر سکتے۔ تم پڑھ لکھ لو گے تب بھی اچھی جاب نہیں ملے گی۔ ہم ایسے ہیں، ہم ویسے ہیں۔ تم ہماری برابری نہیں کر سکتے۔ حالانکہ امتحان میں میرا رزلٹ اُن سب سے بہتر رہتا ہے مگر......"

اور میں نے اس کی بات سن کر کہا...... "بیٹے! تمہارے بارے میں جو یہ سب باتیں کرتے ہیں وہ تمہاری صلاحیتوں بالخصوص تمہاری ذہانت اور تعلیمی لیاقت سے خوفزدہ رہتے ہیں، اس لیے وہ تمہارے تعلق سے حوصلہ شکنی کی باتیں کرتے ہیں۔ تم پڑھائی میں تیز ہو...... یہی ایک خوبی اُن کی ساری خوبیوں پر بھاری ہے...... بیٹا! اپنی یہ روش بدلو اور چھا جاؤ اُن کے حواس پر، جو تمہیں بلاوجہ آگے بڑھنے نہیں دینا چاہتے...... رہی بات غریب ہونے کی تو یہ کوئی

خاص بات نہیں ...... دنیا کے بے شمار بڑے لوگ نہایت غریبی میں پلے بڑھے لیکن ان کی تعلیم اور کچھ کر گزرنے کے شوق نے انھیں بہت بڑا انسان بنا دیا۔ میں مثال میں امریکہ کے صدر ابراہم لنکن، ہندوستان کے پہلے صدر جمہوریہ ڈاکٹر راجندر پرساد اور سابق وزیر اعظم لال بہادر شاستری کے نام لے سکتا ہوں ... آج یہ بات خوب اچھی طرح سمجھ لو کہ تمہیں ذہنی طور پر ٹارچر کرنے والے خود بہت چھوٹے ہیں...... آج وہی سہیل احمد میرے سامنے تھا۔

☆..................☆..................☆..................☆

میں نے مسکراتے ہوئے کہا" تو تمہیں منزل مقصود مل گئی۔

"جی ہاں سر! آپ کی نصیحت میں نے گرہ میں باندھ لی اپنے اندر خود اعتمادی پیدا کی اور اللہ تعالیٰ کی ذات پر پختہ یقین۔ اخبارات میں لکچرر کی پوسٹ کے لیے جاب نکلیں۔ میں نے اپلائی کیا اور سلیکشن ہو گیا...... اگر کسی نوجوان کو آپ جیسے عظیم انسان کے مخلصانہ مشورے اور سچی رہنمائی مل جائے تو وہ یقیناً کامیاب و بامراد ہوگا۔"

پھر سہیل احمد نے پرس کھولا اور ایک کارڈ مجھے دیتے ہوئے کہا" سر! یہ میری شادی کا دعوت نامہ ہے آپ مجھے اپنی شفقتوں سے ضرور نوازیے گا۔" ...... اور میں نے خوش ہو کر کارڈ لفافہ سے نکال کر پڑھتے ہوئے کہا" ان شاء اللہ ضرور آؤں گا۔"

سہیل احمد تو چائے پی کر رخصت ہو گئے مگر آج مجھے واقعی خوشی ہو رہی تھی کہ میں کسی کی زندگی سنوارنے کا ذریعہ بنا۔ میری نصیحتیں اور مشورے بیکار نہیں گئے۔

☆☆☆☆

مدعی لاکھ برا چاہے

انگلش کا سیکنڈ پیپر تھا۔ تمام لڑکے کمروں میں نہایت خاموشی سے پرچہ حل کر رہے تھے کہ اسکول کے فلائنگ اسکواڈ نے طلبا کی تلاشی لینی شروع کر دی۔ ہر لڑکے کی جیبوں، نیفوں اور جسم کے دوسرے حصوں پر ہاتھ پھرا کر نقل کے پرچے تلاش کرنا شروع کر دیے۔

جن لڑکوں کے پاس چیٹنگ مٹیریل تھا ان میں سے کئی لڑکے گھاگھ قسم کے تھے۔ وہ نقل کے پرچے چھپانا بھی جانتے تھے اور اپنے چہرے کو نارمل رکھنا بھی...... لیکن بعض کے چہروں پر ہوائیاں اڑنے لگیں۔ شادمان بھی اُن میں سے ایک تھا۔ ایک ٹیچر نے جب اس کی تلاشی لی تو ایک پرزہ برآمد ہوا جس پر گرامر کے کچھ پوائنٹ تحریر تھے۔ ٹیچر نے اس کاغذ کو پڑھتے ہوئے کہا...... "تو آپ بھی چیٹنگ کرتے ہیں؟"

"نہیں سر! میں نے کبھی نقل نہیں کی۔"

"جھوٹ بولتے ہیں آپ۔"

"نہیں سر! میں ٹھیک کہہ رہا ہوں۔"

"تو پھر یہ کیا ہے؟" انھوں نے وہ پرزہ اُس کے سامنے کرتے ہوئے کہا۔

"سر میں نے اس سے نقل نہیں کی ہے۔ میری کاپی دیکھ لیجیے...... ہاں یہ میری غلطی ہے کہ میں نے اسے رکھ لیا تھا، پہلی بار یہ غلطی کی ہے مگر نقل کرنے کی ہمت میرے اندر نہیں تھی......"

"بیٹھیے اور کام کیجیے...... آج چھوڑ رہا ہوں۔ جب ایسے بچے بھی یہ حرکت کریں گے تو پھر ہم کس پر بھروسہ کریں گے؟" اور وہ کمرے سے نکل گئے۔

"تو یہ تھا فرسٹ آنے کا راز۔" کمرے کی خاموشی میں ایک آواز گونجی۔

شادمان نے مڑ کر دیکھا...... یہ ندیم کی آواز تھی۔ شرمندگی سے شادمان پر جیسے گھڑوں پانی پڑ گیا ہو۔ وہ لڑکا جو بغیر کسی نقل کے سارا پرچہ حل کر سکتا تھا اتنا نروس ہو گیا تھا کہ جو کچھ اُسے یاد تھا وہ بھی بھول گیا تھا۔ اسے افسوس ہو رہا تھا اپنی اس حرکت پر جو شیطان کے بہکاوے میں اُس نے کی تھی اُسے شرمندگی ہو رہی تھی اپنے ان ساتھیوں سے جو اس کی ذہانت، لیاقت اور حصولِ علم کے شوق سے متاثر تھے اور اسے قدر کی نگاہ سے دیکھتے تھے۔

حقیقت بھی یہی تھی کہ شادمان درجہ ہشتم کا سب سے تیز اور ذہین لڑکا تھا۔ درجہ ششم میں فرسٹ ڈویژن پاس ہوا تھا اور ہفتم میں اسکول میں فرسٹ پوزیشن لایا تھا...... ایسا بھی نہیں تھا کہ وہ کوئی رٹو قسم کا لڑکا تھا بلکہ ہر سبق کو سمجھتا تھا۔ جو کچھ یاد کرنے کے لیے دیا جاتا وہ سب سے پہلے یاد کر لیتا تھا...... کلاس میں ٹیچرس کو زیادہ تر صحیح جوابات اسی سے ملتے تھے۔ اسی لیے زیادہ تر اساتذہ اس سے خوش رہتے تھے۔

ندیم بھی اُسی کے کلاس میں تھا۔ اسے شادمان سے خدا واسطے کا بیر تھا۔ کبھی ایسی نوبت تو نہیں آئی تھی کہ دونوں باہم دست و گریباں ہوتے لیکن اتنا ضرور تھا کہ وہ اُس سے حسد کرتا تھا، جلتا تھا اور اس کی ذہانت اُسے ایک آنکھ نہ بھاتی تھی...... وہ اس پر طنز کرتا، اس کا مذاق اُڑاتا لیکن شادمان کبھی اس کی نازیبا باتوں کا جواب نہ دیتا۔ کلاس کے دوسرے ساتھی اس کی عزت کرتے اور محبت سے پیش آتے۔ سوائے ان چند لڑکوں کے جو ندیم کے گروپ میں شامل تھے۔

انگلش کے پیپر کے بعد جو پیپر ہوئے، ان میں تو ندیم نے شادمان کا ناک میں دم کر دیا۔ جب کلاس میں ڈیوٹی کرنے والے ٹیچر آتے تو وہ شادمان کی جانب اشارہ کر کے کہتا......" سر اس کی تلاشی ضرور لے لینا۔ اس کے پاس نقل کا پرچہ پہلے بھی مل چکا ہے...... اُسے فرسٹ

آنا ہے نا!" کبھی ٹیچر مسکرا کر رہ جاتے اور کبھی کوئی ٹیچر ندیم کو ڈانٹ دیتا۔ وہ کھلکھلا کر ہنس پڑتا...... وہ ایک اوباش قسم کا لڑکا تھا۔

شادمان کڑھتا رہتا لیکن زبان سے کچھ نہ کہتا۔ پھر سارا پرچہ افسردگی کی حالت میں حل کرتا...... دراصل ندیم نے طے کر رکھا تھا کہ وہ اُسے اس قدر ٹارچر کرے گا کہ شادمان ٹھیک سے پرچے حل نہ کر سکے ...... وہ فرسٹ نہ آئے، خواہ کوئی بھی دوسرا لڑکا آجائے۔ شادمان خود بھی یہی محسوس کر رہا تھا کہ اس بار وہ اتنی نمایاں کامیابی حاصل نہیں کر سکے گا جتنی اُسے ماضی میں مل چکی ہے...... امتحان ختم ہونے کے پندرہ دن بعد رزلٹ آؤٹ ہونا تھا...... اسکول کی چھٹیاں ہوگئی تھیں۔

☆..............☆..............☆..............☆

آخر وہ دن بھی آگیا جس کا سبھی طلبا کو انتظار تھا۔ آج رزلٹ آؤٹ ہونا تھا اور اسمبلی میں ہیڈ ماسٹر صاحب کو ہر کلاس سے پہلی، دوسری اور تیسری پوزیشن حاصل کرنے والوں کے نام اناؤنس کر کے انھیں انعام سے نوازنا تھا...... شادمان آج بجھا بجھا سا تھا۔ ایک تو ایسے ہی اپنی نمایاں کامیابی کا یقین نہیں تھا دوسرے ندیم اور اس کے ساتھیوں نے فقرے بازی کر کے اس کا موڈ بگاڑ دیا تھا...... ندیم خاصا چہک رہا تھا۔

اسمبلی شروع ہوئی۔

ہیڈ ماسٹر صاحب نے خود طلبا کو مخاطب کیا......

اساتذہ صاحبان اور پیارے بچو!

آج کے دن کا آپ سب کو بے صبری سے انتظار رہا ہوگا۔ آپ کے دل دھڑک رہے ہوں گے۔ یہاں میں آپ کے سامنے پہلی دوسری اور تیسری پوزیشن آنے والے ان ذہین

اور خوش نصیب بچوں کا اعلان کروں گا جنھوں نے اپنے وقت کو نہایت سنجیدگی سے حصولِ تعلیم کے لیے صرف کیا اور نمایاں کامیابی حاصل کی...... باقی طلبا کو ان کے رزلٹ کارڈس کلاس روم میں کلاس ٹیچر دیں گے۔ کثیر تعداد میں پاس ہونے والے طلبا کی وجہ سے میں پاس ہونے والے سبھی طلبا کو دل کی گہرائیوں سے مبارکباد پیش کرتا ہوں اور آپ کو یہ خوشخبری سناتا ہوں کہ گزشتہ سال کی طرح اس بار بھی کلاس میں فرسٹ ڈویژن اور سارے اسکول میں فرسٹ پوزیشن لانے والا درجہ ہشتم کا طالب علم شادمان ہے ......"

تمام اساتذہ اور طلبا نے تالیاں بجا کر خوشی کا اظہار کیا۔ شادمان ہکا بکا رہ گیا۔ سارے طلبا اپنی اپنی قطاروں میں کھڑے شادمان کو ڈھونڈ رہے تھے کہ ہیڈ ماسٹر صاحب نے اسے اسٹیج پر بلایا...... اس کے سر پر ہاتھ پھیرتے اور پیٹھ تھپتھپاتے ہوئے انھوں نے شیلڈ، پین، ڈائری اور ایک ہزار روپے نقد انعام دیے۔ اس کے بعد درجہ ہفتم اور ششم میں فرسٹ ڈویژن پاس ہونے والے بچوں کو بھی انعام دیے گئے۔

ندیم اور اس کے ساتھیوں کے منہ لٹک گئے۔ اُن کی امیدوں پر پانی پھر گیا تھا...... درجہ میں مارکس شیٹ دی جا رہی تھیں تو ایک لڑکے نے چٹکی لی "ندیم بھائی! آپ کی رینک کیا رہی؟" تو پہلے تو وہ چپ رہا پھر افسردگی سے کہا "ارے بھائی فرسٹ ڈویژن پاس تو نقل کرنے والے ہوتے ہیں...... ہم کہاں ہو سکتے ہیں؟"...... اور جب وہ اپنے گھروں کو رخصت ہو رہے تھے تو کہیں بجتے ہوئے لاؤڈ اسپیکر سے یہ شعر سنائی دیا ؎

مدعی لاکھ بُرا چاہے تو کیا ہوتا ہے
وہی ہوتا ہے جو منظورِ خدا ہوتا ہے

☆☆☆☆

اور چور پکڑے گئے

ایک مہینے میں شہر کی کئی مسجدوں سے بورنگ پر لگے پمپ اور موٹر چوری ہونے کی وارداتیں ہو چکی تھیں۔ ہر دوسرے تیسرے دن کسی مقامی اخبار میں مسجد سے موٹر چوری ہونے کی خبر شائع ہو جاتی تھی۔ شروع شروع میں تو دو چار رپورٹیں پولس تھانے میں بھی درج ہو گئیں لیکن جب یہ وارداتیں بڑھیں تو پولس نے بھی رپورٹ کا اندراج بند کر دیا کیوں کہ اسطرح ان کے علاقہ میں اس جرم کا گراف بڑھنے سے ان کی بدنامی زیادہ ہوتی۔ اعلیٰ افسران کے ذریعہ اُن سے باز پُرس ہوتی، اس لیے وہ درخواستیں لکھ کر لے لیتے اور تفتیش کے بعد رپورٹ درج کرنے کی بات کہہ کر معاملے کو ٹال دیتے۔

کچھ مساجد میں تو دن میں تالے بھی لگنے لگے لیکن اس سے نمازیوں بالخصوص ایسے نمازیوں کو پریشانی ہونے لگی جو فرض نمازوں کے چھوٹ جانے کی وجہ سے منفرد نمازیں ادا کرنے آتے تھے پھر ایک دو خبریں ایسی بھی ملیں کہ آبادی سے فاصلے پر بعض ایسے مزارات سے بھی موٹر اور پمپ کھول لیے گئے جہاں لوگوں کی آمد و رفت برائے نام تھی اور کچھ خاص ایام میں ہی چہل پہل رہتی تھی۔

جن مساجد سے موٹر چوری ہوئی تھی اُن میں ہماری مسجد بھی شامل تھی......گو کہ موٹر دوسری لگا دی گئی تھی لیکن جہاں کام بستی کے لوگوں سے چندہ کر کے کیا جاتا ہو وہاں پریشانی تو ہوتی ہی ہے۔ مسجد کے امام جو آسام کے رہنے والے تھے اور یہاں ایک دینی مدرسہ میں عالم اور فاضل درجات میں سے کسی درجہ میں تھے، عموماً فجر کے بعد ناشتہ کر کے مدرسہ چلے جاتے اور ۱۲ بجے واپس لوٹتے اور مسجد کے حجرے میں ہی رہتے تھے۔ چوروں کے لیے عموماً یہی

وقت اطمینان کا ہوتا اور وہ اپنا کام کر گزرتے۔

میرا مکان بقولِ غالبؔ

مسجد کے زیرِ سایہ اک گھر بنالیا ہے

یہ بندۂ کمینہ ہمسایۂ خدا ہے

کے مصداق بالکل قریب ہے بلکہ مسجد سے ملحق کہنا زیادہ صحیح ہے۔ میرا بیٹا ندیم جو دس سال کا ہے۔ پڑھنے لکھنے میں تیز اور عقل کے اعتبار سے نہایت ذہین۔ ایک دن صبح ساڑھے آٹھ بجے کے قریب وہ ٹیرس پر کھڑا تھا کہ اُس نے دیکھا گلی میں مسجد کے دروازے کے پاس ایک مشتبہ شخص کھڑا ہے۔ بے سکون اور ہونقوں کی طرح اِدھر اُدھر دیکھ رہا ہے۔ اس کے پاس چوڑے کیریر کی ایک پرانی سی سائیکل تھی...... ندیم نے اُسے دیکھا تو سمجھ لیا دال میں کچھ کالا ہے۔ مسجد میں روزانہ موٹر چوروں کا تذکرہ ہوتا تو وہ بھی سنتا ہی تھا۔

ندیم نے سوچا...... اگر یہ چور ہے تو پھر باہر کیوں کھڑا ہے اور اگر چور نہیں ہے تو پھر کسی کا منتظر ہے؟ اُسے خیال آیا کہ کیوں نہ مسجد میں جھانک کر دیکھا جائے کہ اس کا دوسرا ساتھی تو اندر نہیں ہے؟ اس کا اندازہ صحیح نکلا...... جب ندیم نے اپنی چھت کی دیوار سے مسجد میں جھانکا تو ایک ادھیڑ عمر شخص بورنگ کا موٹر کھول رہا تھا...... وہ حیران رہ گیا۔

''وہ اب کیا کرے؟'' اس کے ذہن نے تیزی سے کام کرنا شروع کر دیا۔ گھر پر ابو نہیں تھے۔ پڑوس میں ایک مکان تھا۔ اس میں ایک بوڑھے شخص تھے۔ وہ بھی اکثر بیمار رہا کرتے تھے...... پھر میں کیا کروں؟ ایک ترکیب اس کی سمجھ میں آ ہی گئی...... وہ چاہتا تھا کہ ان دونوں چوروں کو پکڑا جانا چاہیے۔ چھت پر ایک پتنگ پڑی تھی، جو کسی کی کٹ کر آ گئی ہو گی۔ ندیم پتنگ اڑانے سے شوق نہیں رکھتا تھا...... مگر کام بن گیا۔ اس نے باؤنڈری کی دیوار کے

پاس جا کر پتنگ مسجد کے صحن میں چھوڑ دی۔ پھر چھت سے اُتر کر دوڑتا ہوا گیا اور مسجد کے صحن میں سے پتنگ اٹھانے لگا۔ اُس نے دیکھا ایک آدمی موٹر پر جھکا ہوا کچھ کر رہا ہے۔'' کیا موٹر ٹھیک کر رہے ہو؟'' ندیم نے پوچھا۔

چور پہلے تو گھبرایا پھر بولا ......''ہاں، پانی ٹھیک نہیں دے رہی تھی۔''

''ٹھیک ہے...... یہ میری پتنگ آ گئی تھی۔ کیا میں لے جاؤں؟''

''ہاں ہاں لے جاؤ۔'' چور بولا۔

باہر والا چور گھبرایا ہوا تھا کہ اب یہ لڑکا شور مچا دے گا۔ اس نے جھانک کر دیکھا تو اپنے ساتھی سے بات کرتے ہوئے پایا۔

ندیم پتنگ لیے ہوئے باہر نکلا اور چور کے ساتھی سے بولا'' تمہیں مستری جی بلا رہے ہیں......''

یہ سن کر باہر کھڑا چور جیسے ہی اندر گیا اور مسجد کے دروازے کے دونوں کواڑ آہستہ سے ملا کر بند کیے تو ندیم نے باہر سے ڈنڈیلا سرکا دیا...... اب وہ دونوں باہر نہیں نکل سکتے تھے۔ ان کی سائیکل باہر کھڑی تھی۔ ندیم نے سوچا اب شور مچا دے یا پھر سڑک کے دوکانداروں کو بلالے مگر دل نے کہا پولس کو فون کر دو۔ ندیم نے فوراً گھر میں آ کر امی کا فون میز پر سے اٹھایا اور گلی میں آ کر ۱۰۰ ار نمبر ڈائل کر کے فون کر دیا۔ پانچ منٹ بھی نہ گزرے تھے کہ فوراً پولس کی گاڑی آ گئی۔ چور مسجد میں تھے اور آہستہ آہستہ کواڑوں کو جھنجھوڑ رہے تھے کہ دروازہ کھل جائے۔

پولس کے آنے سے سڑک سے دوکاندار بھی گلی میں آ گئے۔ انھوں نے سمجھا کوئی جھگڑا ہو گیا ہے یا پھر کسی ملزم کو یہاں پکڑنے آئے ہیں۔ مسجد کے تعلق سے تو پولس کے آنے کا وہم و گمان بھی نہیں تھا۔

''سر میں نے فون کیا تھا آپ کو'' ندیم نے آگے بڑھ کر کہا ''موبائل اب بھی اس کے ہاتھ میں تھا۔

انسپکٹر نے شفقت سے اُس کے سر پر ہاتھ پھیرا۔''کہاں ہیں تمہارے دونوں چور؟''

''سر! وہ میں نے مسجد میں ہی بند کر رکھے ہیں، آئیے......'' اُس نے آگے بڑھ کر ڈنڈیلا کھولتے ہوئے کہا......''اور یہ ہے اُن کی سائیکل۔''

دروازہ کھلا۔ دونوں چور اندر تھے۔ موڑ کھول کر انھوں نے ایک چادر میں لپیٹ لیا تھا جو پاس ہی رکھا تھا۔ پولس کو دیکھ کر دونوں گڑگڑانے لگے۔ سپاہیوں نے دونوں کو پکڑ لیا پھر دونوں کی کمر میں رسی کے پھندے ڈال دیے...... ہتھکڑیاں شاید اُن کے پاس نہیں تھیں۔ مسجد سے باہر لا کر پولس والوں نے انھیں تھپڑوں اور لاتوں سے خوب پیٹا بھی اور گاڑی میں بٹھالیا......

پولس انسپکٹر نے ندیم کی پیٹھ تھپتھپائی اور محلہ داروں اور آس پاس کے دوکانداروں کے سامنے اُس کی بہت تعریف کی۔ ندیم کی امی بھی دروازے کی آڑ سے کچھ دیکھ اور سن رہی تھیں اور دل ہی دل میں اپنے بیٹے کی ذہانت پر فخر کر رہی تھیں۔

اگلے دن کے اخبارات سے سارے شہر کو یہ بات معلوم ہوگئی کہ ایک سمجھدار بچے کی ذہانت سے دو شاطر موٹر چور پکڑے گئے جنھوں نے شہر کی کئی مساجد میں چوری کی واردات کو انجام دیا تھا۔ چوروں کے پاس سائیکل بھی چوری کی تھی۔ دونوں چور اسمیک پی کر نشہ کرنے کے عادی تھے۔ اخبارات میں ندیم کی بھی خوب تعریف چھپی تھی اور اس کا فوٹو بھی۔ ایس پی صاحب نے یوم جمہوریہ کے موقع پر اُسے اعزاز اور نقد انعام دینے کا بھی وعدہ کیا تھا۔

☆☆☆☆

کہانی ایک حوصلہ مند کی

یہ ۱۹۸۰ء کے آس پاس کی بات ہے۔ مجھے ادارہ الحسنات سے وابستہ ہوئے چند سال ہی گزرے تھے۔ میری عمر بھی کچھ زیادہ نہیں تھی یہی کوئی پچیس سال ہوگی میں معاون مدیر کی ذمہ داریاں نبھارہا تھا۔ پانچوں ماہانہ رسائل کے لیے موصول ہونے والی نگارشات کو کتابت کے مراحل سے گزار کر پروف ریڈر سے پروف ریڈنگ کراتا اور رسالے ترتیب دے دیتا۔

ان دنوں رسائل کی اشاعت کے لیے کتابت ہی ذریعہ تھی...... کمپوزنگ کا سلسلہ شروع نہیں ہوا تھا۔ میرے پاس ایک نوعمر لڑکا اپنی کتابت کا نمونہ لے کر آتا اور چاہتا کہ اسے کام دے دیا جائے لیکن میں ہر بار اس سے یہی کہہ دیتا کہ بھائی منزل ابھی دور ہے۔ ابھی تمہیں بہت مشق کی ضرورت ہے۔ ہمارے یہاں سے شائع ہونے والے رسائل کا ایک خاص معیار ہے۔ مالکان اسے پسند نہیں کریں گے۔ تو پھر وہ چلا جاتا تاکہ اسے پارٹ ٹائم کچھ کام ہی مل جائے۔ مگر وہ بھی نہیں ہوسکا۔ کیوں کہ وہ بہت معمولی پڑھا لکھا نوعمر لڑکا تھا۔ اسی غرض سے وہ کبھی ماہنامہ ذکریٰ اور کبھی ماہنامہ حجاب کے مدیر کے پاس بھی جاتا اور غالباً اسی طرح کے جوابات پاتا...... اور پھر کئی سال تک اس سے ملاقات کا سلسلہ منقطع ہوگیا۔

وہ بہت شریف، بھلا اور بااخلاق لڑکا تھا ایک دن کسی صاحب نے بتایا وہ بہت مستقل مزاج اور خود دار قسم کا لڑکا ہے یوں ٹھوکریں کھانے کے مقابلے میں وہ کچھ بن کر دکھانا چاہتا ہے اور اس کے لیے آج کل وہ جامعہ اردو علی گڑھ کے امتحانات ادیب ماہر و ادیب کامل کی تیاریوں میں ہے اسے تعلیم حاصل کرنے کا شوق پیدا ہوگیا ہے۔ پھر چند سال بعد معلوم ہوا کہ وہ جامعہ ملیہ اسلامیہ سے پی ایچ ڈی کر رہا ہے۔ یہ سن کر خوشی ہوئی اور رشک بھی آیا......

اُس نوجوان نے اپنی محنت اور لگن سے ایک دن پی ایچ ڈی مکمل کرلی اور اپنے اساتذہ کی کرم فرمائیوں سے اسے وہیں لکچرشپ بھی مل گئی۔اس اطلاع سے مجھے یقیناً بہت خوشی ہوئی کہ یقیناً وہ یقین محکم اور عمل پیہم کی تفسیر ثابت ہوا۔اب وہ گمنام نوجوان ایک بڑے تعلیمی ادارہ کا معلم تھا......ایک ذمہ دار انسان جس کے پاس اس کی معاشی ضرورتوں کا وسیلہ بھی تھا،شہرت وناموری بھی اور عزت بھی۔

پھر میں نے اُسے ایک دن ٹی وی پر انٹرویو دیتے دیکھا۔وہ بحیثیت شاعر غزل کے تعلق سے اپنے احساسات بیان کر رہا تھا۔ پروگرام کے آخر میں اس نے ایک غزل بھی سنائی۔مجھے بہت اچھا لگا......

پھر ایک دن گورنمنٹ رضا لائبریری کے ایک ادبی سیمینار میں وہ اپنا مقالہ پڑھنے آیا۔ وہاں ملاقات ہوئی۔بڑے خلوص سے وہ ملا اور اپنی ان کامیابیوں پر اللہ کا شکر ادا کیا۔

اس کی زندگی واقعی قابل تقلید تھی۔ مصمم عزم اور انتھک محنت یقیناً انسان کو کامیابی سے ہمکنار کرتی ہے اور منزل کو پانے کی لگن جتنی شدید ہوتی ہے کامیابی بھی اسی تیزی کے ساتھ اسکی جانب آتی ہے...... یہ میں نے اُس کی زندگی سے جانا..... مگر افسوس وہ زندگی بھی مختصر ہی لایا تھا...... جب اس کی تنخواہ اس قابل ہوگئی کہ گاڑی خرید سکے تو اس نے اپنے بچوں کو اپنے آبائی شہر لانے لے جانے کے لیے سیکنڈ ہینڈ کار خریدی، کچھ وقت ہی گزرا ہوگا کہ ایک دن وہ کار ایک درخت سے ٹکرا کر حادثے کا شکار ہوگئی۔

☆☆☆☆

جسے اللہ رکھے

پیارے بچو! آج میں آپ کو اپنی ایک آپ بیتی سناؤں...... وہ آپ بیتی جسے میں کبھی نہیں بھولتا اور جب یاد آجاتی ہے تو جسم میں شدید جھرجھری آجاتی ہے اور اللہ تعالیٰ کے رحم و کرم اور مہربانی کا احساس تازہ ہو جاتا ہے......

یہ اُس وقت کی بات ہے جب میری عمر دس سال سے کچھ ہی زیادہ رہی ہوگی۔ میں پرائمری اسکول میں پڑھتا تھا...... ہوا یہ کہ ایک دن میری والدہ، بہن اور چھوٹے بھائی ایک عزیز کے یہاں کسی تقریب میں شریک ہونے کے لیے اپنے ضلعے ہی کے کسی گاؤں میں گئے ہوئے تھے۔ گھر پر میں، والد صاحب اور بہنوئی رہ گئے تھے۔

بہنوئی صاحب شہر کی حدود سے متصل ایک پرائیویٹ بس چلاتے تھے۔ جو رامپور کی ہی ایک تحصیل شاہ آباد تک جاتی تھی۔ شام کو واپس گھر آجاتے تھے۔ بہنوئی صاحب اپنے ساتھ ایک دودھ دان لے جاتے اور بس اسٹینڈ کے برابر ایک کھپریل میں بنے چائے کدے کے مالک کے پاس چھوڑ دیتے...... چائے والا اپنے دودھ کے ساتھ ہی ہماری کین میں بھی دودھ لے لیتا اور اسے گرم کر کے رکھ دیتا۔ بہنوئی صاحب جب شام کو گھر واپس آتے تو دودھ کی کین سائیکل میں ٹانگ کر لے آتے۔ گرم ہو جانے کی وجہ سے دودھ پھٹتا بھی نہیں تھا اور ہمیں اچھا دودھ مل جاتا تھا۔ یہ دودھ رات میں ایک دو لوگ پی لیتے جو باقی بچ جاتا وہ صبح کی چائے میں استعمال ہو جاتا......

اس دن بھی بہنوئی صاحب دودھ لے آئے جب ہم تین کے علاوہ سارے لوگ گاؤں گئے ہوئے تھے۔ انھوں نے دودھ کا برتن خادتاً نعمت خانے میں رکھ دیا۔ اُن دنوں فرج ہر گھر میں کہاں ہوتے تھے؟ لکڑی کے جالی دار نعمت خانے ہی ہوتے تھے۔

عشا کے وقت والد صاحب نے مجھ سے کہا......"میری طبیعت کچھ ٹھیک نہیں ہے تم دودھ نکال کر پی لو......اور بہنوئی کو بھی پلا آؤ کیوں کہ صبح کو چائے کے لیے بھی تھوڑا دودھ چاہیے۔"

میں نے کہا......"میں بھی نہیں پیوں گا۔ میرا پیٹ خوب بھرا ہوا ہے۔" انھوں نے ایک دو بار کہا پھر خاموش ہو گئے۔ بہنوئی سے پوچھا تو بولے۔"میں تو کھانا بھی نہیں کھاؤں گا۔ ایک دوست نے اپنے گھر لے جا کر مجھے کھانا کھلا دیا ہے۔"

غرض کہ کسی نے اُس رات دودھ نہیں پیا اور دودھ کی کین بدستور بند رہی۔ صبح میں والد صاحب نے چائے بنائی اور دودھ بھگونے میں نکال کر رکھا تاکہ چائے میں ڈالنے سے قبل گرم کر لیں...... مگر یہ کیا؟ دودھ تو بالکل پیلا تھا۔ وہ حیران ہوئے کہ یہ کیسا دودھ ہے۔ دودھ کی کین کو غور سے جھانک کر دیکھا تو اس میں ایک خاصی فربہ چھپکلی تھی جو برتن تنگ ہونے کی وجہ سے بھگونے میں نہیں گر سکی تھی۔ انھوں نے فوراً بہنوئی صاحب کو بلایا۔ مجھے جگایا اور دکھانے لگے کہ یہ کیسے دودھ میں گری؟ ظاہر ہے گھر پر ہم میں سے کسی نے دودھ دان کھولا بھی نہیں تھا......

ہوا یہ کہ بس اسٹینڈ کے چائے بیچنے والے نے دودھ لے کر اُسے بھٹی پر گرم کیا اور پھر ٹھنڈا ہونے کے لیے اس کا ڈھکن کھول کر رکھ دیا۔ دودھ گرم کرنے یا اُسے ٹھنڈا کرنے کے دوران ہی کھپریل سے چھپکلی دودھ میں گر گئی۔ چائے والے کو علم نہ ہو سکا اس نے ڈھکن بند کر کے رکھ دیا جسے بہنوئی صاحب گھر لے آئے......

یہ اللہ تعالیٰ کی مشیت تھی کہ اُس نے ہمیں اس زہریلے دودھ کے استعمال سے باز رکھا اور صبح کو سارا راز کھل گیا۔

یہ صرف اللہ تعالیٰ کی حکمت اور مشیت تھی کہ اس نے ہمیں بچا لیا ورنہ دودھ جس قدر زہریلا ہو چکا تھا اُسے پی کر کسی کا بھی زندہ بچنا ممکن نہ ہوتا...... اس سانحہ پر اللہ تعالیٰ کا جس قدر بھی شکر ادا کیا جائے کم ہے...... بے شک وہی زندگی عطا کرتا ہے اور وہی موت۔ پچاس سال سے زیادہ ہو گئے اس سانحہ کو میں کبھی نہیں بھلا پایا...... یہ کہاوت تو مشہور ہی ہے کہ "جسے اللہ رکھے اُسے کون چکھے۔"

☆☆☆☆